KB059940

어린이라는 세계

어린이라는 세계

김소영 에세이

사계절

원래는 내 이야기를 쓰려고 했다. 사소하고 싱거운 이야기라도 좋으니 내 생활의 내용을 정리해 보고 싶었다. 마음만으로 그칠까 봐 블로그도 열고 매주 글을 쓰겠다고 주변에 선언도 했다. 어떤 글이 될지는 모르지만 하루 중 어느 순간이나 요즘 생각하는 것들에 대해, 좋아하는 음악이나 그림, 영화나 책에 대해 쓰려고 했다. 무엇이 되었든 나 자신을 위한 글을 쓰겠다고 생각했다. 나의 세계를 정비하려던 것이었다.

그런데 글을 쓰다 보니 자꾸 어린이 이야기가 나왔다. 깊은 무의식을 발견했다거나 하는 것이 아니라, 어린이와 나눈 이야기나 어린이에 대해 생각한 것, 지나가다 본 어린이나 어린이에 대해 누군가와 주고받은 대화들이 제일 쓰고 싶은 이야기였다. 나는 조금 당황했다.

나는 어린이책 편집자로, 그다음엔 독서교실 선생님으로 이십 년 남짓 일해 왔다. 꽤 가까운 자리에서 어린이와 지내고 있다는 뜻이고 달리 말하면 어린이를 빼놓고는 나의 세계를 설명할 수 없다는 뜻이기도 하다. 생활에 대해 쓰겠다면서, 나는 왜 '어린이'에 대해서 글을 쓸 생각을 하지 않았을까?

그건 나 스스로 어린이에 대해 말할 위치에 있다고 생각하지 않았기 때문이다. 나는 양육자도 아니고, 교육 이론이나 어린이 심리를 연구하는 사람도 아니다. 그런 내가 어린이에 대해서 말하면 뜬구름 잡는 이야기가 될까 봐 늘 조심스러웠다. 양육 환경이나 교육 현실을 몰라서 딴소리를 하게 될지도 몰랐다. 그간 "네가 애가 없어서 그래" 같은 말을 많이 들어 온 탓도 있었다.

한편으로 나는 그런 말의 그늘에 피해 있었다. 나는 '어린이 전문가'가 아니니까 슬쩍 빠져 있어도 된다고 생각했던 것 같다. 결국 어린이를 둘러싼 다양한 이야기와 더 고민할 문제들을 어린이를 직접 기르고 가르치는 분들의 몫으로만 떠넘긴 셈이다. 어린이는 누군가의 자녀이고 학생이지만 각자가 우리 세계의 어엿한 구성원이기도 하다는 걸 잘 알면서. 어린이에 대한 이해가 부족한 사회라면 더 많은 사람들이 어린이 이야기를 해야 한다는 걸 알면서.

나는 내가 할 수 있는 어린이 이야기를 계속해 보기로 했다. 그건 내 생활의 내용이기도 했다. 허술할 테지만, 더 많은 사람들이 이야기를 꺼내게 하는 데는 그 편이 나을지도 몰랐다. 실제로 글을 쓰면서 많은 분들의 '어린이 이야기'를 들었다. 자신의 어린 시절은 물론이고 자녀, 조카, 학생, 이웃 어린이, 마트에서 본 어린이……. 댓글에 적힌 사연을 읽을 때마다 글을 쓰기 잘 했다고 생각했다. 그러지 않았다면 이렇게 귀하고 아름다운 이야기를 어디서 만났겠는가. 나 자신을 위해 쓰겠다고 했는데 바라던 대로 된 셈이다.

글을 쓰기 시작하고 얼마 지나지 않아 코로나19 시대가 시작되었다. 독서교실도 여러 달 쉬어야 했다. 나는 블로그에든 신문에든, 매주 글을 쓰는 덕분에 염려와 우울을 달랠 수 있었다. 어떤 글은 쓰기 전부터 눈물이 솟았고, 어떤 글은 쓰다 말고 혼자 소리 내어 웃기도 했다. 쓰면서 알게 된 한 가지는, 어린이라는 세계는 우리를 환대한다는 사실이다. 우리에게 '어린 시절'이라는 공통점이 있어서인지, 어린이들의 진솔한 모습 때문인지 모르겠다. 어린이라는 세계가 늘 우리 가까이, 우리 안에 있기 때문인지도 모른다. 확실한 건 어린이에 대해 생각할수록 우리 세계가 넓어진다는 것이다.

독서교실 어린이들은 내가 작가라는 사실을 무척 재미있어 한다. 책을 다 쓰는 데 몇 시간이 걸렸느냐고 묻는 어린이도 있고, 팔 아팠겠다고 걱정해 주는 어린이도 있다. 나중에 자기 딸이 책 읽을 때 가르쳐 줘야 한다며 내가 쓴 독서 교육서를 읽어 보겠다는 어린이도 있다. 그 말에는 웃었는데 "엄마 어렸을 때 독서교실 다녔다고 말해 줄 거예요"에는 눈물이 찔끔 났다.

전에 쓴 책들에는 어린이들의 바람대로 실제 이름을 쓰기도 했다. 나는 혹시 책 내용이 마음에 안 들면 어떡하나 걱정했는데 어린이들은 대체로 신나 한다. 책에서 자기 이름이 나온 부분만을 보고 또 본다. 밖에서 놀다 말고 집에 들어와서는 믿기지 않는다는 얼굴로 자기 이름이 적힌 데를 찾아보고 다시 놀러 나가는 어린이도 있다고 한다.

그래서인지 자기 이야기를 글로 옮겨도 좋다는 허락도 선선히 해 주었다. 그런데 이번에는 모두 가명을 쓰기로 했다. 한 사람 한 사람의 속 얘기가 많은데 혹시 어른이 되어서 보고 내키지 않아 하면 어떡하나 싶어서다. 누가 누구인지, 서로 알아보기도 어렵게 했다. 대신에 꾸며 쓰지 않았기 때문에 당사자들은 어떤 이야기가 자기 것인지 알 수 있을 것이다. 곳곳에 우리만 알아볼 수 있는 단서도 심어 두었다. 그래서 이번 책은 어린이들이 샅샅이 읽을지도 모른다. 아니면 자기 이름이 안 나오는 책이니 거들떠보지도 않고 놀러 나갈까? 어느 쪽이든 어린이들에게 이 말은 꼭 전하고 싶다.

어린 시절의 한 부분을 나누어 주셔서 감사합니다.
여러분을 아는 것이 저의 큰 영광입니다.

2020년 11월

김소영

차례

1부

♥

곁에 있는 어린이

시간이 걸릴 뿐이에요

****

현성이가 새 신발을 신고 왔다. 생긴 건 축구화 같아도 '풋살화'라고 했다. 내가 잘 못 알아들으니까 또박또박 "풋, 살, 화. 풋살화예요. 축구화 아니고"라고 강조했다. 풋살화는 축구화랑 바닥이 다르고, 그냥 운동화보다 발등 부분이 납작해서 공 차기가 좋다고 했다. 아버지랑 같이 인터넷 쇼핑몰을 둘러보며 골랐고, 자기는 3학년치고는 발이 작아서 치수를 정할 때 좀 고민했고, 지난주에 주문했는데 어제야 도착했기 때문에 오늘 처음 신었으며, 이걸 신었더니 잘 뛰어지는 것 같았고, 그런데 생각만큼 그렇게 잘 되지는 않았다고 했다. 이야기를 계속하려는 현성이를 간신히 말렸다.

"그래, 우리 일단 신발을 벗고 들어갈까?"

현성이는 아마도 이 말을 하려고 뜸을 들였던 것 같다.

"이게요, 오늘 처음 신은 거잖아요. 그래서 엄마가 끈을 묶어 주셨거든요. 이따가 제가 잘 못 묶을 수도 있어요."

"선생님이 묶어 줄까?"

"어젯밤에 연습을 하긴 했어요. 그러니까 어쩌면 될지도 몰라요."

"알겠어. 현성이가 해 보고 잘 안 되면 선생님이 거들어 줄게. 그럼 어떨까?"

결국 그렇게 합의하고서야 교실에 들어갈 수 있었다.

나는 독서교실 덕분에 어린이에 대해 새롭게 알게 되는 것이 많다. 그중 하나는 어린이는 신발을 신는 데 시간이 많이 걸린다는 것이다. 몰랐다기보다는 새삼스러운 발견이었다. 생각해 보면 신발 신는 일 자체가 복잡한 움직임이기도 하다. 왼쪽 오른쪽 신발을 정리하고, 발을 꿰고 뒤축이 구겨지지 않게 하면서 뒤꿈치를 밀어 넣어야 한다. 어른도 때로는 허리를 굽히고 손을 써서 정리를 해야 된다. 게다가 어린이들은 신발이 자주 바뀐다. 자라기 때문이다. 스스로 의식하지는 못하겠지만, 신발을 신을 때마다 발 크기가 다른 셈이다.

언젠가 이 이야기를 친구들에게 했더니 한 친구가 자기는 어렸을 때 신발의 왼쪽 오른쪽을 구분하는 게 너무 어려웠다며 울분을 토했다.

"아니, 왜 둘을 비슷하게 만드는 거야? 애초에 양쪽을 확실히 다르게 디자인하면 되잖아. 색깔만이라도 구분하든가. 미묘하게 다르니까 신발 신을 때마다 시험당하는 것 같더라고. 어른들은 어떻게 한 번에 양쪽을 딱 찾는지 신기했어."

"그래서 우리 엄마는 신발 바닥에 '오', '왼' 이렇게 써 줬는데 그건 왠지 마음에 안 들더라고."

"나는 신발 끈 풀어지는 게 그렇게 싫었어. 찍찍이(벨크로) 신발보다 끈 있는 신발이 훨씬 예쁜데. 아니, 어렸을 땐 왜 그렇게 끈이 잘 풀어졌을까?"

"애초에 잘 못 묶어서 그랬겠지. 리본 묶는 것도 처음엔 잘 안 되고."

그랬던 어린이들이 이렇게 다 컸다며 장하다고 함께 소리 내어 웃었다.

마침 그날 현성이와 읽은 책은 『시간이 흐르면』*이었다. 윤곽이 뚜렷한 그림과 간결한 글로 '시간이 흐르면' 일어나는 일들을 담아낸 그림책이다. 시간이 흐르면, "아이는 자라고 연필은 짧아져". 시간이 흐르면, "빵은 딱딱해지고 과자는 눅눅해지지". 그리고 이어서 신발 끈을 묶는 어린이 모습이 등장한다. "어려웠던 일이 쉬워지기도 해"라는 문장과 함께.

어쩐지 뭉클해져서 현성이에게 말했다.

"그러니까 어른이 되면서 신발 끈 묶는 일도 차차 쉬워질 거야."

그러자 현성이가 담담하게 대답했다.

"그것도 맞는데, 지금도 묶을 수 있어요. 어른은 빨리 할 수 있고, 어린이는 시간이 걸리는 것만 달라요."

거울을 보지 않았지만 분명히 나는 얼굴이 빨개졌을 것이다. 지금도 할 수는 있는데. 아까 현성이가 분명히 '연습했다'고 했는데. 어린이는 나중에만 할 수 있는 게 아니다. 지금도 할 수 있다. 시간이 걸릴 뿐이다.

어느 쪽이 오른쪽 신발일까 골똘히 생각하면서 우리는 어른이 되었다. 신발 뒤축이 구겨지지 않게 손가락으로 당기며 발을 넣었다가 손가락이 안 빠져서 끙끙대면서 어른이 되었다. 신기 편한 벨크로냐, 예쁜 끈 운동화냐를 두고 고심하면서 어른이 되었다. 현성이 말마따나 그것도 맞지만, 그때도 우리는 우리였다. 지금보다 시간이 걸렸을 뿐이다.

버스를 타고 내릴 때, 문을 열고 닫을 때, 붐비는 길을 걸을 때나 에스컬레이터 앞에서 머뭇거릴 때 어린이에게 빨리 하라고 눈치를 주는 어른들을 종종 본다. 어른들이 보기에

는 간단한 일이라 어린이가 시간을 지체하면 일부러 꾸물대는 것처럼 보이기도 할 것이다. 한편으로는 우리가 어렸을 때 기다려 주는 어른을 많이 만나지 못해서 그런지도 모른다. 지금 어린이를 기다려 주면, 어린이들은 나중에 다른 어른이 될 것이다. 세상의 어떤 부분은 시간의 흐름만으로 변화하지 않는다. 나는 어린이에게 느긋한 어른이 되는 것이 넓게 보아 세상을 좋게 변화시키는 일이라고 생각한다. 어린이를 기다려 주는 순간에는 작은 보람이나 기쁨도 있다. 그것도 성장이라고 할 수 있지 않을까? 어린이와 어른은 함께 자랄 수 있다.

수업이 끝난 뒤 현성이는 아버지한테 배운 방법을 떠올리며 신발 끈을 묶었다.

"발을 끝까지 넣은 다음에 여기를 당기고, 묶은 다음에 이렇게 고리를 만들고, 돌려서…… 앗, 풀어졌다. 고리를 만들고 돌려서? 잠깐만요."

현성이는 내 도움 없이 양쪽을 다 묶고 의기양양하게 독서교실을 나섰다. 그런데 엘리베이터 앞에서 보니 그새 오른쪽 끈이 풀어져 있었다.

"이거 한쪽만 선생님이 도와줄게. 엘리베이터 타야 되니까."

현성이도 이번에는 고개를 끄덕였다. 나는 너무 빨리 하는 것처럼 보이지 않으려고 신경 쓰면서 매듭을 단단히 지었다.

이날 현성이가 어머니를 보자마자 한 말은 이랬다.

"엄마, 이거 왼쪽은 내가 묶은 거야!"

독서교실에서 어린이를 만나면서 얻는 좋은 점이 많다. 그중 하나는 왼쪽 신발 끈을 혼자 묶은 현성이의 얼굴을 보는 것이다.

* 　　이자벨 미뇨스 마르틴스 글, 마달레나 마토소 그림, 이상희 옮김, 『시간이 흐르면』, 그림책공작소, 2016.

선생님은 공이 무서우세요?

****

아람이가 농구 학원에 다닌다는 말을 들었을 때 나는 속
으로 조금 놀랐다. 언젠가 나에게 체육 시간에 하는 피구가
너무 싫다면서 공에 맞는 게 무섭고 도망 다니는 것도 너무
떨린다며 불만을 늘어놓은 적이 있기 때문이다. 그때 나도
필요 이상으로 흥분해서 대체 왜 피구를 하는지, 피구가 과
연 어린이가 공 운동을 좋아하게 하는 데 효과적인지, 운동
이 되긴 되는지, 혹시 친구들 사이에 원망과 불신의 싹을 틔
우는 것은 아닌지, 지금의 내가 이렇게 공 튀기는 소리가 나
면 멀리 돌아가는 어른이 된 것도 어쩌면 피구 때문은 아닌
지, 조금 긴 의견으로 동의했기 때문에 분명히 기억하고 있

다. 농구공은 더 큰데. 맞으면 더 아플 텐데. 걱정하는 마음 한편으로 은근히 서운한 마음도 들었다. 나는 과거를 캐묻는 것처럼 보일까 봐 조심하면서 물었다.

"그런데 공이 무섭지는 않아?"

그러자 아람이는 12년 인생에 그런 질문은 처음 들어 본다는 얼굴로 되물었다.

"무섭다고요? 공이요? 선생님은 공이 무서우세요?"

"아니, 지금 꼭 그렇다기보다…… 옛날에는 무서워했지. 근데 선생님 기억으로는 너도 피구 할 때 공이 무섭다고 했던 것 같아서."

진짜 자기 이야기인가 싶어 하는 얼굴로 잠깐 생각하던 아람이는 이렇게 답했다.

"아, 피구요. 그거는 공을 피하는 거니까 농구랑은 다르죠. 그리고 저 피구 할 때 공 잘 피했는데요?"

공이 무섭다거나 무섭지 않다는 말은 묘하게 피해 가는 대답이었다. 이야기는 여기서 그치지 않았다.

"언제는요, 피구 할 때 제가 제일 마지막에 남았거든요. 그때 한 이십 번쯤 피했을걸요? 애들이 막 저만 남으니까 저희 팀 애들은 응원하고요, 다른 팀 애들은 화난 것처럼 던졌는데 제가 받았거든요. 아니, 받으려고 마음먹은 게 아니라 공이 와서 안 맞으려고, 그냥 안 맞으려고 딱 했는데 딱 잡은 거예요. 그랬더니 이번에는 공을 막 돌려 가지고 어, 어 덯지 하다가 뒤에서 공이 날아와서요, 여기 오른발 뒤꿈치 에 맞았어요. 제가 이렇게 돌아보려는데 그때 딱 맞아서 확 실히 기억해요."

아람이는 정말 이십 번도 넘게 공을 피했을까? 확인할 길 은 없지만 확인할 필요도 없다. 일단 아람이에게는 그게 뒤 꿈치에 새겨진 진실일 테니까. 재미있는 것은 많은 어린이 들이 피구에 대해 이런 사연을 가지고 있다는 것이다. '끝까 지 살아남아 팀의 승리를 이끌었다'는 어린이는 만난 적이 없지만 '팀에서는 제일 마지막까지 남아서', '날아오는 공 을', '연속으로 몇 번이나' 피한 경험은 자주 듣는다. 누구 얘 기든 이런 모험담은 언제나 흥미진진하다. 자기가 주인공인 이야기를 들려주는 어린이의 더없이 진지한 태도 때문이다. 그 압도적인 기세 때문에 허풍이 섞여 있는 게 거의 확실한 데도 도저히 의문을 제기할 수가 없다. 어린이의 '부풀리기' 에는 무시할 수도, 웃을 수도 없는 매력이 있다.

어린이는 허세를 부리면서도 자신의 능력을 조금도 의심 하지 않는다. 하윤이는 11월 어느 날 합기도복을 입고 독서 교실에 왔다. 추울 테니 코코아를 주겠다고 하니까 하윤이는 웃는 얼굴로 "아, 저는 하나도 안 추워요. 시원한 거 주세요." 하고 여유를 부렸다. 그래 놓고는 내가 "이제 가을도 끝나가고……" 하고 무슨 말을 하려니까 얼른 가로채서 "지금 겨울이에요!" 하고 이의를 제기했다. 추웠던 모양이다.

뜯어지지 않는 과자 봉지를 흔들어 대며 "이거 너무 안 잘라져요!" 하고 화를 내는 어린이들 중 그 누구도 내가 가위로 잘라 준다고 할 때 순순히 내놓지 않는다. 할 수 있다고 끝끝내 씨름을 한다. 유자청이 든 유리병 뚜껑이 열리지 않아서 내가 끙끙대면 너도나도 나서서 자기들이 열겠다고 한다. "옛날에 엄마가 딸기잼 못 열 때도 제가 해 줬어요" 같은 전적도 꼭 자랑한다.

새로 배운 어려운 말을 꼭 써 보고 싶어 하는 것도 전형적인 허세 중 하나다. 아홉 살 다은이는 할머니 생신 잔치에 다녀온 이야기를 하면서 "정말 성수신찬이었어요"라고 해서 나를 당황하게 했다. 진수성찬이라고 하고 싶었겠지. 아스트리드 린드그렌의 '삐삐 롱스타킹' 시리즈에 푹 빠졌을 때는 삐삐가 "말랄광이"라고 하기도 했다. 다은이에게는 말괄량이 삐삐가 '미치광이' 같은 느낌이었을까?

어려운 말 쓰기 좋아하는 건 예지도 마찬가지다. 예지가 피규어를 사느라 "용돈을 탈진했어요"라고 했을 때는 말투가 너무나 자연스러워서 바로잡아 주지 못했다. 다만 그 말이 어딘가 강렬했던 탓에 자꾸 생각났을 뿐이다. 하긴 다 써 버렸다는 점에서는 탕진이나 탈진이나 비슷한 것 같기도 하고. 다행히 예지가 강아지를 두고 또 색다른 표현을 썼을 때는 나설 수 있었다. 친구 동생이 자꾸 자기네 강아지를 만져서 싫다는 이야기를 하는 중이었다.

"아니, 제 동생이 만져도 싫을망정, 친구 동생이 만지는 건 더 싫죠."

이 야릇하게 틀린 표현을 어떻게 고쳐 줘야 할지 고민이 되었지만 나는 '탈진'의 실패를 떠올리며 도전하기로 했다.

"예지야, 그럴 때는 '내 동생이 만질망정, 친구 동생이 만지는 건 싫다'고 하는 거야. 예지 동생이 만지는 게 낫고 친구 동생이 만지는 건 싫다는 뜻이야."

그러자 예지 눈이 동그래졌다.

"네에? 저는 동생이 만지는 것도 싫은데요?"

"음, 그럼 '망정'이라고 쓰기 어려운데. '내 동생이 만지는 것도 싫지만 친구 동생이 만지는 건 더 싫다'고 해야 돼."

예지는 마지못해 "그래요?" 하고는 아무렇지 않은 얼굴로, 그러나 어딘가 아쉬운 얼굴로, 혹은 내 말을 의심하는 얼굴로 어물쩍 넘어갔다.

호언장담으로 허세를 부리는 어린이도 있다. 미래를 가정하는 순간 확신도 한다. 여덟 살 때 하윤이는 세계 최고의 부자가 된다면 "지구 절반만큼 땅을 사서 농사도 짓고 개도 한 다섯 마리 기르고, 고양이도 한 일곱 마리 기를 거예요"라고 했다. 그러다 영화 '해리 포터' 시리즈 덕분에 영국에 관심이 생긴 뒤로 영국으로 유학을 가는 꿈을 품게 되었다. 그러자 하윤이에게 큰 걱정이 두 개나 생겼다.

"하나는 제가 옥스퍼드에 갈지, 선생님 옥스퍼드 아시죠? 옥스퍼드에 갈지, 케임브리지에 갈지 아직 못 정한 거예요. 또 하나는 나중에 저 다니는 대학교에 엄마 아빠 형아가 놀러 오면요, 저는 한국말을 잊어버리고 영어로만 말할 수도 있어서 그게 걱정이에요. 선생님 만났을 때도 제가 영어로만 말할지도 몰라요."

그때를 대비해서 나도 지금부터 열심히 영어 공부를 하겠고, 엄마 아빠 형아도 마찬가지일 거라고 안심시키면서 나는 온 힘을 다해 웃음을 참았다. 웃는 것이 실례가 될 만큼, 하윤이가 진지했기 때문이다. 하윤이는 지금 거의 옥스퍼드(또는 케임브리지) 교정 한가운데 있었다. 어린이의 허세는 진지하고 낙관적이다. 그래서 멋있다. 결정적으로 그 허세 때문에 하윤이가 옥스퍼드(또는 케임브리지)에 갈 가능성이 생기는 것이다. 생각조차 하지 않는다면 어떻게 바다 건너까지 유학을 가겠는가. 어린이의 '부풀리기'는 하나의 선언이다. '여기까지 자라겠다'고 하는 선언.

아람이와의 대화 뒤에 나는 농구공을 하나 샀다. 나도 한때는 피구 경기에서 마지막까지 남았던 사람이므로 전적은 누구 못지않게 화려하다는 것이 생각났기 때문이다. 더는 공을 피해 다니고 싶지 않다는 생각도 들었다. 한편으로는 어른으로서 '그냥 공을 하나 사는' 사치도 누려 보고 싶었다.

토요일 저녁 쇼핑몰에서 공이 든 가방을 들고 다니면서 이미 내 마음은 선수가 되었다. 생각해 보니 고등학교 때 배구공을 가진 이래 처음으로 가져보는 '공'이었다. 일요일 아침에 남편과 공 주고받기를 하기로 했는데, 늦잠 자는 그를 기다릴 수 없었다. 혼자 공을 들고 나가서 놀이터 한구석에서 튀겨 보았다. 생각보다 팔에 힘을 많이 주어야 공이 튀어 올랐다. 텅, 텅, 소리가 기분이 좋았다. 놀이터에 농구 골대가 없는 것이 아쉬웠다. 그런데도 공놀이는 너무너무 재미있었다.

나중에 이 얘기를 했더니 아람이가 우리 동네 운동장 중 어디를 가야 농구 골대가 있는지 알려 주었다. 팔에 힘도 줘야 하고, 다리를 살짝 구부리고 자세도 잘 잡아야 한다고 충

고해 주었다. 나도 그간 어린이들에게 배운 바가 있으니 허세를 부리며 말했다.

"고마워. 아무튼 나도 이제 아람이처럼 농구인이야."

그러자 아람이는 조심스럽게 선을 그었다.

"삼 일 차 농구인이시죠."

이날 아람이와 헤어질 때, 나는 장난스럽게 경례를 붙였다. "농구 선배님, 앞으로 잘 부탁드립니다." 이번에도 아람이는 웃지 않고 내 경례를 경례로 받았다. 나는 아람이의 뒷모습이 충분히 멀어진 것을 확인한 다음, "삼 일 차 농구인"이라는 말을 되뇌고는 혼자 소리 내어 웃었다. 도무지 나는 어린이를 당해 낼 수가 없다.

착한 어린이

****

차 마시는 시간에 하윤이가 말했다.

"제가 어제 친구랑 놀이터에서 놀다가요, 친구네 엄마가 심부름을 시키셨거든요? 오천 원을 주고, 한국유통(동네 슈퍼마켓)에 가서 뭐 사 오라고 해서요. 가는데 갑자기 친구가 '근데 이 돈은 처음에 누가 만들었을까?' 하는 거예요. 그래서 저하고 같이 계속 생각을 해 봤어요. 그런데 아무리 생각해도 모르겠는 거예요. 그때 제가 갑자기 딱 생각이 나서 친구한테 말했어요. '내가 내일 독서교실 가거든. 우리 선생님은 책을 많이 읽어서 아마 알 거야. 그리고 만약에 몰라도 선생님이 책 보고 공부해서 가르쳐 줄 거야' 이렇게요."

그래, 그동안 내가 노력한 게 있었지. 어린이들에게 보여 주고 싶은 게 있었다. 바로 어른도 책을 읽는다는 것, 어른도 모르는 게 있으면 공부한다는 것. 그게 통했구나. 얼마나 확신이 있었으면 친구한테 장담까지 했을까. 그래, 어른도 책을 읽는다. 책 읽는 사람은 멋있다. 그게 나다……. 나도 모르는 사이 비논리적 자화자찬 회로가 돌아갔고, 논리적 결과로 코가 조금 올라갔다.

"그래? 그렇다면 선생님이 설명해 주지!"

아홉 살이 이해하도록 최선을 다해, 또한 내가 지적으로 보이도록 최선을 다해, 인류의 수렵 채집 시절과 농경 시절에 대해 보고했다. 그리고 '잉여 생산물'과 '물물교환'을 설명할 차례였다.

"그렇게 농사를 짓다 보니까, 드디어! 필요한 것보다 많이 생산하게 된 거야. 우리 마을에서 다 먹고도 남을 만큼 많이! 자, 그러면 어떻게 하면 좋을까?"

하윤이는 조금도 망설이지 않고 대답했다.

"나눠 줘요!"

그 밖에 다른 답이 있을 리 없다고 확신하는 얼굴이었다. 이런 하윤이에게 경제 논리를 설명하려니 나는 갑자기 속이 시커먼 어른이 된 것 같았다. 좀 전까지는 되게 멋있는 어른이었는데. 어린이는 왜 이렇게 착할까. 그런데 나는 하윤이에게는 착하다는 말 대신 "어, 그것도 좋은 생각이네" 하고 답했다. 어린이에게 '착하다'는 말을 쓰기가 늘 조심스럽기 때문이다.

어린이에게 '착하다'는 말을 잘 쓰지 않는다. 착한 마음을 가지고 살기에 세상이 거칠기 때문이기도 하고, 그렇기 때문에 착하다는 말이 약하다는 말처럼 들릴 때가 많아서이기도 하다. 더 큰 이유는 어린이들이 '착한 어린이가 되어야 한다'고 생각할 것이 두려워서다. 착하다는 게 대체 뭘까? 사전에는 '언행이나 마음씨가 곱고 바르며 상냥하다'고 설명되어 있지만, 실제로도 그런 뜻으로 쓰이는지는 잘 모르겠다. 그보다는 어른들의 말과 뜻을 거스르지 않는 어린이에게 착하다고 할 때가 더 많은 것 같다. 그러니 어린이에게 착하다고 하는 건 너무 위계적인 표현 아닌가.

나와 달리 어린이들은 '착하다'라는 말을 스스럼없이 쓴다. 주로 친구를 설명할 때 그런다. 그럴 때 나는 꼭 "그 친구의 어떤 점을 보면 착하다는 것을 알 수 있어?" 하고 물어본다. 대답은 대체로 이렇다. "누가 뭘 빌려 달라고 하면 잘 빌려줘요." "다른 애들이랑 안 싸워요." "하기 싫은 일도 잘 해요." 이따금 "얌전해요"라고 답하는 어린이도 있다. 재미있는 것은 스스로를 착하다고 하는 어린이는 드물다는 것이다. 자기 자신 역시 친구한테 준비물을 잘 빌려주고, 친구와 사이좋게 지내고, 종종 솔선수범하면서도 그렇다. 겸손해서일까? 그보다는 '착하다'는 말의 힘이 너무 강력해서 차마 손을 대지 못하는 것 같다. 그리고 이 말은 남에게 들어야 의미 있다는 것을 어린이도 알기 때문이다. '착한 어린이'라는 말에는 '남의 평가'가 들어가게 마련이다. 이때 '남'은 주로 어른들이다. 부모님, 선생님, 산타 할아버지 같은.

'착하다'는 게 나쁘다는 게 아니다. '착한 어린이'가 되어야 한다는 생각 때문에 어른의 요구를 거절하지 못하는 어린이를 주의 깊게 살펴야 한다는 것이다. 잘 알려진 것처럼, 어린이를 상대로 한 범죄는 어린이에게 도움을 청하는 것으로 시작될 때가 많다. 잃어버린 강아지 찾는 걸 도와 달라거나 짐 옮기는 걸 도와 달라는 식으로, 어린이의 착한 마음을 이용해서 어린이를 유인하는 범죄 이야기를 들으면 머리에 불이 붙는 것 같다. 슬프고 두려운 일이지만, 가정에서도 비슷한 일이 일어난다. 부모를 실망시키지 않으려고, 착한 어린이가 되려고 애쓰다 멍드는 어린이가 어딘가에 늘 있다.

그렇다고 어린이에게 착한 마음을 버리라고 할 수도 없는 노릇이다. 하윤이 얼굴을 똑바로 보면서 "그럴 때 나눠 주면 안 되는 거야!" 할 수는 없다. 친구를 돕는 어린이에게 "너 진짜로 이거 원해서 하는 거야? 진짜로, 진짜로 진심이야?" 하고 캐물을 수도 없다. 어떻게 해야 할지 몰라서 나는 어린이의 착한 마음이 걱정스러웠다. 예지와 수업하기 전까지는.

예지와 『사람 백과사전』*을 읽고 이야기를 나누는 중이었다. 미리 내준 숙제는 '이 책의 그림을 모두 읽어 오는 것'이었다. 『사람 백과사전』은 사람이 태어나서 죽기까지 몸의 변화와 그것의 영향, 또는 영향 없음을 알려 주는 지식 그림책이다. 장애가 있는 어린이가 보조 기구를 이용하여 운동 경기를 즐기는 그림처럼, 다양한 체형과 신체 상태를 그림으로 보여 주는 점이 좋다. 그래서 예지에게 모든 그림을 꼼꼼하게 손으로 짚어 가며 읽어 오라고 했는데, 예지가 숙제를 잘해 왔다.

"이 책에 있는 사람들이요, 되게 다양하더라고요. 모습이요."

"그래, 맞았어. 작가가 왜 그런 그림을 그렸을지 생각해 보자. 그러니까 이런 그림을 그려서 결국 하고 싶은 이야기가 무엇이었을까? 그런 걸 주제라고 하는 거야. 주제를 찾아보자."

"음…… 서로 몸이 달라도 무시하지 말자?"

"그것도 좋은 말이야. 그런데 보통은 '무엇을 하지 말자'보다 '무엇을 하자'고 하는 게 남을 설득할 때 더 좋은 말이야. 예지가 관심 있는 환경 운동으로 생각해 보면, '종이컵을 쓰지 말자'보다 '개인 컵을 가지고 다니자'가 더 효과적인 것처럼."

그러면서 칠판에 "서로 몸이 달라도 _____자"라고 썼다. 내심 '존중하자'라는 말이 나오기를 기대하면서 예지의 답을 기다렸는데 선뜻 답을 하지 못했다.

"예지야, 그럴 때 '무시'의 반대말을 떠올려 보면 좋아."

"아! 알았다!"

유일한 답이라는 듯, 예지는 이렇게 썼다.

"서로 몸이 달라도 같이 놀자."

그 순간 나는 예지에게 백오십 번째로 반했기 때문에 정신이 혼미해졌지만 '존중'이라는 단어를 가르치겠다는 일념으로 다시 기회를 줬다. 예지는 이번에는 이렇게 썼다.

"서로 몸이 달라도 반겨 주자."

백오십 한 번째 반한 상태로 나는 두 문장 옆에 각각 하트를 그리고, 조그맣게 '존중하자'라는 말도 적었다. 이날 수업을 마치고 교실을 정리하는데, 차마 칠판을 지울 수가 없어서 한참을 바라보았다. 그리고 문득 깨달았다. "나눠 줘요!"

는 '곱고 바른 말'이고, "같이 놀자" "반겨 주자"는 '상냥한 마음씨'다. 사전 뜻 그대로다. 어린이는 착하다. 착한 마음에는 아무런 잘못이 없다. 어른인 내가 할 일은 '착한 어린이'가 마음 놓고 살아가는 세상을 만드는 것이다. 나쁜 어른을 응징하는 착한 어른이 되겠다. 머리에 불이 붙고 속이 시커메질지라도 포기하지 않겠다. 이상한 일이다. 책은 내가 어린이보다 많이 읽었을 텐데, 어떻게 된 게 매번 어린이한테 배운다.

＊　　메리 호프만 글, 로스 애스퀴스 그림, 이효선 옮김, 『사람 백과사전』, 밝은미래, 2017.

어린이의 품위

****

내가 제공하면서 내가 더 좋아하는 독서교실 서비스가 하나 있다. 어린이의 겉옷 시중을 드는 것이다. 어린이가 독서교실에 들어오면 일단 가방을 받아서 정리한다. 그런 다음 어린이 뒤에서 외투 벗는 것을 돕는다. 이때 너무 가까이 가면 안 된다. 외투 자락 말고 다른 데는 되도록 내 손이 닿지 않게 조심한다. 너무 빨라도 느려도 안 된다. 제일 중요한 건 어린이가 팔을 뺄 때 크게 움직이지 않아도 되게 하는 것이다. 어린이 입장에서는 어깨만 조금 움직였을 뿐인데 스르륵, 외투에서 빠져나왔다는 느낌이 들어야 한다. 어린이에게 받은 옷은 옷걸이에 끼워서 모양을 잡아 걸어 둔다. 이 부분은 민첩하게 처리한다. 기다리는 동안 손님이 어색해지면 안 되니까.

수업이 끝나고 집에 갈 때도 당연히 시중을 든다. 이게 더 어렵다. 외투를 벗을 때처럼 입을 때도 양팔을 동시에 소매에 끼워야 하는데, 익숙하지 않은 어린이들은 혼자 입을 때처럼 한 팔을 먼저 끝까지 넣어 버리기 때문이다. 그러면 다른 쪽을 끼울 때는 팔을 접고 끙끙대게 마련이라, 시중을 드는 게 오히려 어린이를 불편하게 하는 셈이 된다. 그러면 나는 어린이 앞으로 가서 얼굴을 보며 이야기한다.

"선생님이 이렇게 하는 건 네가 언젠가 좋은 곳에 갔을 때 자연스럽게 이런 대접을 받았으면 해서야. 어쩌면 네가 다른 사람한테 선생님처럼 해 줄 수도 있겠지. 그러니까 우리 이거 연습해 보자."

어린이는 어깨에 힘을 빼고 자연스럽게, 양팔을 조금만 뒤로 하고 서 있으면 된다. 그러면 내가 옷을 끼워 준다. 스르륵, 탁. 부드럽게 옷 입기가 끝나면 매무새를 손질하느라 그러는지, 기분이 좋아서 그러는지 어린이가 어깨를 으쓱인다. 처음에는 이 과정을 영 쑥스러워하던 어린이도 몇 번이면 익숙해져서 교실에 들어서자마자 나에게 자연스럽게 등을 대기도 한다. 그럴 때면 슬쩍 웃는 얼굴이 되는 것을 나는

여러 번 보았다. 그런 순간 때문에 이 서비스를 좋아한다.

어딘가 좀 할머니 같은 말이지만, 나는 어린이들이 좋은 대접을 받아 봐야 계속 좋은 대접을 받을 수 있다고 믿는다. 안하무인으로 굴기를 바라는 것은 당연히 아니다. 내 경험으로 볼 때 정중한 대접을 받는 어린이는 점잖게 행동한다. 또 그런 어린이라면 더욱 정중한 대접을 받게 된다. 어린이가 이런 데 익숙해진다면 점잖음과 정중함을 관계의 기본적인 태도와 양식으로 여길 것이다. 점잖게 행동하고, 남에게 정중하게 대하는 것. 그래서 부당한 대접을 받았을 때는 '이상하다'고 느꼈으면 좋겠다. 사실 내가 진짜 바라는 것은 그것이다.

물론 일주일에 한 번, 그것도 외투 입는 계절에만 제공하는 서비스 하나 가지고 내가 너무 큰 욕심을 부리는지도 모른다. 어쩌면 어린이들은 그저 좀 독특한 순간으로만 여길지도 모른다. 하지만 어린이를 대하는 내 마음을 다잡는 데 있어서는 아주 중요한 의식이다. 한편으로는 어린이 보라고 하는 것이다. 어린이는 좋아 보이는 것을 따라 하니까 좋은 모습을 보여 주고 싶다. 이 과정이 나를 조금 더 나은 사람으로 만드는 것 같다.

마리아 몬테소리의 『어린이의 비밀』*에는 '코 풀기 수업'

에 대한 경험이 적혀 있다. 몬테소리는 '재미있는 수업'이라고 생각해 손수건 사용법 등을 가르쳤는데, 어린이들은 전혀 웃지 않고 귀 기울여 수업을 들었을 뿐 아니라 수업이 끝나고는 깜짝 놀랄 만큼 열광적인 박수로 감사를 표했다고 한다. 몬테소리는 어쩌면 자신이 "어린이의 사회생활에 있어서 민감한 부분"을 건드린 건지도 모른다고 했다. 어린이들은 더러운 코 때문에 끊임없이 야단맞고 자존심이 상했지만, 제대로 코 푸는 방법을 몰라 애를 먹어 온 것이다. 어린이라고 해서 코를 훌쩍이며 지저분한 모습으로 다니고 싶을 리 없었을 테니, 배움의 기회가 너무나 소중했으리라는 이야기였다.

이 귀엽고 애틋한 일화에는 중요한 사실이 담겨 있다. 어린이도 사회생활을 하고 있으며, 품위를 지키고 싶어 한다는 것이다. 백여 년이 지난 지금도 마찬가지다. 한 사람으로서 어린이도 체면이 있고 그것을 손상하지 않으려고 노력한다. 어린이도 남에게 보이는 모습을 신경 쓰고, 때와 장소에 맞는 행동 양식을 고민하며, 실수하지 않으려고 애쓴다.

하윤이 어머니께 고마운 일이 있어서 하윤이 편에 딸기를 한 상자 보낸 적이 있다. 그때 하윤이는 나에게 "요즘 딸기 비싸지 않아요?" 하고 짐짓 사양하는 듯이 말하면서 사양은 하지 않고 딸기를 가져갔다. 나중에 어머니께 들으니 바로 전날 하윤이가 딸기가 먹고 싶다 했는데 어머니가 비싸서 안 된다고 했더니 "엄마, 과일은 원래 비싼 게 맛있는 거야"라며 졸랐다고 한다. 아홉 살 나름대로 나에게는 사회적인 담화를 한 것이다. 열 살 현성이는 독서교실에 오면 꼭 손을 씻고 수업을 시작하는데, 한 번씩 "저 화장실도 좀 빌릴게요" 하고 말한다. 대체 어디서 빌려 온 표현일까? 궁금하지만 묻지 않는다. 나도 예절이라는 게 있으니까.

아홉 살 규민이는 과자를 먹을 때 꼭 한쪽 손을 턱에 받친다. 부스러기를 떨어뜨리지 않으려는 것이다. 편하게 먹으라고 해도 그런다. 그런데 어쩌다 테이블에 부스러기가 떨어지면 손에 있던 것도 테이블에 버린다. 그런 다음 싹싹 긁어서 다시 손에 모은다. 그다음 어떻게 하느냐. 바닥에 버린다. 제지할 겨를도 없이 일어나는 신속하고 확신에 찬 움직임이다. 입가에 과자 부스러기가 묻은 채 예의 바른 표정으로 나를 보는 규민이. 나는 규민이가 나를 위해 그랬다는 것을 알기에 바닥에 버리면 아무 소용없다고 차마 말할 수가 없다. 자리에서 일어날 때 밟지 않게 조심하라고 할 뿐이다.

어린이들의 이런 노력을 보면서 새삼 깨닫는 게 있다. 사회생활이란 결코 자연스러운 게 아니라는 것이다. 마음 가는 대로 해서는 안 되고, 보고 배워서 일부러 그렇게 해야 한다. 그러다 보면 과자 부스러기를 모아 바닥에 버리는 것처럼 실수할 때도 있다. 그럴 때 바닥을 치워 주고 다음에는 부스러기가 덜 생기는 과자를 대접하는 것은 내 몫의 사회생활이다.

언젠가 지방 소도시에 여행을 갔다가 오래된 서점을 구경하게 됐다. 큰 기대를 하지 않았는데, 꽤 넓고 쾌적한 데다 책 광고며 안내도 알맞아서 한 바퀴 둘러본 느낌이 좋았다. 다만 입구에 있는 어린이책들은 학습지나 장난감 등과 어울려 있어서 조금 어지러운 느낌도 있었다. 서점에는 한 가족이 들어와 흩어졌다 모였다 하면서 책을 고르고 있었다. 대여섯 살쯤 되어 보이는 어린이가 아빠와 실랑이 끝에 색칠 공부로 추정되는 어떤 책을 들고 계산대에 섰다. 그런데 아빠가 "이제 계산하게 아빠 줘" 하는데도 어린이는 고개를 가로저을 뿐이었다. 아빠가 다시 "사 줄게. 아빠를 줘야 계산을 하지" 하는 걸로 봐서는 혹시 아빠가 마음이 변해 안 사 줄까 봐 걱정하는 게 아닐까 싶었다. 그때 나는 오래 잊기 어려운 장면을 보았다. 앞치마를 두르고 계산대에 계시던 나이 지긋한 사장님이 어린이의 눈을 들여다보며 이렇게 말씀하셨다.

"따로 계산해 드릴까요?"

어린이가 고개를 끄덕였다. 사장님은 어린이에게 책을 받아 아빠와 계산을 마친 다음 다시 어린이에게 "따로 담아 드릴까요?" 하고 물으셨다. 어린이 손님은 그렇게 해 달라고 했다.

"아유, 귀여워 몇 살이야? 아빠 드려야지." 사장님은 그렇게 말씀하실 수도 있었을 것이다. 돈을 내는 것은 아빠니까 아빠 편을 드는 게 나았을지 모른다. 어쩌면 어린이도 자기를 어르는 말에 넘어갔을지 모르고, 아마 그런 경우가 더 많을 것이다. 그러니까 서점의 정중한 손님 대접이 어린이에게 얼마나 기억될지는 알 수 없다. 그럼에도 불구하고 한 번이라도 경험하는 것이 중요하다. 게다가 그렇게 하는 사장님의 모습에도 품위가 있었다. 나로 말할 것 같으면 그 서점에서 받은 좋은 인상이 더 확실해졌고, 입구의 어린이 코너조차 친근하게 느껴졌다.

나는 어린이의 품위를 지켜 주는 품위 있는 어른이 되고 싶다. 어린이 앞에서만 그러면 연기가 들통나기 쉬우니까 평소에도 그런 사람이 되고 싶다. 감사를 자주 표현하고, 사려 깊은 말을 하고, 사회 예절을 지키는 사람. 세상이 혼란하고 떠들썩할 때일수록 더 많이, 결코 자연스럽지 않은 노력을 기울여야 한다. 마음만으로 되지 않으니 나도 보고 배우고 싶다. 좋은 친구들은 이럴 때 어떻게 하나 기웃거리는 요즘이다.

✻   마리아 몬테소리, 구경선 옮김, 『어린이의 비밀』, 지식을만드는지식, 2011.

무서운 일

****

나는 어려서부터 겁이 많았다. 무서워하는 것도 많았고, 놀라기를 잘했다. 어두운 곳, 높은 곳, 물을 무서워했다. 큰 소리에는 크게, 작은 소리에는 작게 놀랐다. 겁쟁이였다.

자주 다니던 길에 전철이 지나가는 굴다리가 있었는데 그 아래를 지날 때면 엄청난 용기와 다짐, 각오, 희망과 체력이 필요했다. 어른이 된 뒤에 찾아가 보니 오십 미터도 되지 않는 짧은 길이었지만, 그때 내게는 끝이 보이지 않는 동굴처럼 보였다. 한쪽 끝이 막혀 있는 동굴. 너무 캄캄했고, 위로 전철이 지나갈 때 나는 소리도 엄청나게 컸다. 나는 굴다리에 다가가면서부터 마음을 굳게 먹어야 했다. 제발 내가 통

과하는 동안 전철이 지나가는 일이 없기를 빈 다음, 온 힘을 다해 달렸다. 밝은 곳으로 나올 때마다 거기 출구가 있다는 사실이 새롭게 느껴지곤 했다. 동굴은 아니었다.

괴담류도 나를 괴롭히는 것 중 하나였다. 친구들이 "무서운 얘기 해 줄까?" 하면 나는 손으로 귀를 닫았다 열었다 하고 "아아아" 소리를 내면서 기를 쓰고 피했다. 그런데 '무서운 이야기'는 어쩌면 그렇게 집요할까? 유행하는 이야기들은 거의 빠짐없이 겁쟁이의 귓속까지 파고들었다. '빨간 마스크'니 '홍콩 할머니'니 하는 이야기를 듣고 나면 한동안 잠을 잘 수 없었다. 도저히 안 되겠다 싶은 밤에는 언니를 깨워 손을 잡아 달라고 했다. 마음 같아서는 날마다 부탁하고 싶었는데 그러면 귀찮다고 안 잡아 줄까 봐 그럴 수가 없었다. 이만큼 무서울 때는 깨우는 게 좋을지, 아니면 좀 더 참아 봐야 할지 그걸 또 고민했다. 언니 손을 잡을 때면 그 전에 이불에 손을 닦았다. 하도 꼭 쥐고 있어서 손에 땀이 차 있었기 때문이다.

귀신이 나오는 〈전설의 고향〉은 말할 것도 없고, 범죄 수사물인 〈수사 반장〉도 못 봤다. 가족들이 그런 TV 프로그램을 볼 때면 이불을 머리끝까지 뒤집어썼다. 공포 영화는 지금도 못 본다. 추리 소설을 읽기 시작한 것도 몇 년 되지 않왔다. 여전히 겁이 많지만, 어린 시절을 생각하면 안도가 된다. 겁쟁이가 잘도 커서 어른이 되었구나.

어린이들은 무서워하는 게 많다.

완두콩이는 세상에서 지진이 제일 무섭다고 한다. 자기가 직접 지진을 겪어 본 것은 아니고 뉴스 영상으로 보았고, 유튜브로도 보았다고 한다. 지진은 "도망갈 데가 없다"는 점이 제일 무섭단다. 예전엔 지진은 외국에서만 나는 줄 알고 해외여행도 안 가려고 했는데 우리나라에서도 난다고 해서 그냥 여행은 가기로 했다고. 논리는 좀 이상하지만, 그래도 긍정적인 결과다. 완두콩이는 부모님에게 강력히 요구해서 '생존 배낭'을 챙겼다고 한다. 덕분에 완두콩이의 무서움이 조금은 가셨을 거라 생각한다.

도토리는 지하철역의 개찰구를 무서워한다. 막대를 밀고 들어가는 식인 곳은 괜찮다. 평소에는 트여 있다가 카드에 이상이 있을 때 가로막는 판이 튀어나오는 곳이 문제다. 혹시 자기도 모르는 사이에 실수해서 거기에 걸릴까 봐 너무 긴장된다는 것이다.

도토리 말을 듣고 떠오르는 장면이 있었다. 언젠가 TV 어린이 프로그램에서 이 문제를 다룬 적이 있다. 어린이 여러 명이 지하철역을 찾아가 개찰구 지나가기 체험도 하고 어른들을 관찰하기도 하는 내용이었다. 어린이들은 너무나 긴장한 채로 서로서로 격려하고 응원하며 개찰구를 통과했다. 그때 한 어린이가 이제 막 개찰구를 빠져나온 어른을 인터뷰하면서 진지한 얼굴로 이런 질문을 했다. "무섭지 않으세요?" "(안전한지) 어떻게 알고 나왔어요?" 어른들의 답은 생각나지 않지만, 도토리에게는 어른들처럼 빨리 하지 않아도 되니까 카드를 찍고 별 일이 없는지 조금 기다렸다가 지나가면 된다고 말해 주었다.

땅콩이는 독서교실에 오기 시작한 뒤로도 한동안 어머니와 함께 엘리베이터를 타고 올라왔다. 어머니가 엘리베이터 한쪽에 숨다시피 계셨고(나중에 들으니 땅콩이가 설대 선생님이 알면 안 되니까 그러라고 했단다) 땅콩이도 별 얘기가 없어서 나는 그 사실을 뒤늦게 알았다. 이유를 물으니 땅콩이는 그때껏 엘리베이터를 탄 적이 거의 없었단다. "좀 익숙하지가 않아 가지고⋯⋯"라며 땅콩이는 말끝을 흐렸다.

"익숙하지 않으면 엘리베이터 타는 거 좀 무섭지. 선생님도 옛날에는 그랬거든."

"아뇨. 아니, 무서운 건 아니고⋯⋯ 아, 무서운 건 아닌데요, 혼자 타려면 좀 그래 가지고⋯⋯."

"처음엔 좀 그러니까 선생님이 일 층에서 기다렸다가 같이 타 줄까? 그건 어때?"

땅콩이는 펄쩍 뛰며 그건 안 된다고 했다. 그러다 언제부터인지 '익숙해져서' 혼자 탈 수 있게 되었다. 어떤 계기가 있었는지는 땅콩이도 나도 잘 모른다.

녹두는 집에 혼자 있는 것을 무서워했다. 물론 어린이가 집에 혼자 있는 건 좋지 않지만, 열두 살이 넘도록 잠시도 혼자 있지 못하니 어머니가 걱정이셨다. 녹두는 밖에서 놀다가도 집에 들어가기 전에 어머니에게 전화를 해서 집에 누가 있는지 꼭 확인을 했다. 아무도 없다고 하면 놀이터에서 기다릴망정, 빈집에 들어가지는 않겠다는 것이었다. 그러던 녹두는 집에 혼자 있을 사이가 없는 중학생이 되었다. 얼마 전에는 친구들이랑 영화를 보고 놀았는데, 남은 돈을 모아 보니 버스 요금을 내든지 핫도그를 사 먹든지 둘 중 하나만 할 수 있는 형편이었단다. 녹두와 친구들은 만장일치로 결정을 내렸다. 핫도그를 사서 먹으며 한 시간쯤 걷는 것으로. 그 얘기를 들으니 이제 집에 혼자 있을 수 있는지는 굳이 물어보지 않아도 될 것 같았다.

율무는 별로 무서운 게 없다고 담담하게 말했다. 하지만 내가 어렸을 때 무서워한 굴다리며 괴담 이야기를 했더니 어딘가 한숨이 섞인 말투로 고백했다.

"저는 그게…… 그…… 피에로 있잖아요. 그런 게 왜 있는지 모르겠어요. 아무도 안 좋아하는데."

그러게, 피에로! 피에로를 잊고 있었다. 어린이와 놀아 주는 척하면서 살아남아 은근히 겁만 주는 캐릭터. 나는 지금까지 피에로를 좋아하는 사람은 어른도 어린이도 만나 본적이 없다. 나 역시 피에로가 좋지 않다. 그런 게 왜 있는지는 나도 잘 모르겠어서 일단 율무에게는 '악취미'라는 단어를 가르쳐 주었다. 조금은 설명이랄까 위로가 되기를 바라면서.

그런데 완두콩이도 도토리도 땅콩이도 녹두도 율무도 (이럴 때 빠지지 않는 나도) 공통으로 무서워하는 것이 하나 있다. 다른 '무서움'처럼 해결할 단서를 찾기 어려워서 더 무서운 것. 바로 '악몽'이다. 내용은 다르지만 악몽을 두려워하지 않는 어린이는 없다. 괴물이 쫓아온다거나 가족들이 갑자기 사라진다거나 악당과 싸우고 도망치는 그런 꿈들. 악몽은 대비할 수도 없고 익숙해질 수도 없다. 그리고 아무도 도와줄 수가 없다.

우리가 사랑하는 어린이의 잠자리를 살피고, 다정하게 이불을 덮어 주고, 그림책을 읽어 주고, 잘 자라고 인사하는 것은 어쩌면 그것만이 우리가 해 줄 수 있는 전부이기 때문일 것이다. 아무리 어린 사람이라도 악몽은 자기 힘으로 이겨 내야 한다. 그 사실을 생각하면 모든 어린이가 안쓰럽기도 하고, 새삼 대단해 보이기도 한다. 그리고 또 우리는 알고 있다. 이런 무서운 것들이 어린이의 어떤 면을 자라게 한다는 것을. 무서운 것이 있다는 것을 알기에 조심하고, 무서운 것을 마주하면서 용기를 키우고, 무서운 것을 이겨 내면서 새로운 자신이 된다는 것을. 그런 식의 성장은 우리가 어른이 된 뒤에도 계속된다. 그러니 어른들이 어린이에게 해 줄 일은 무서운 대상을 없애는 것이 아니라 그것을 마주할 힘을 키워 주는 것 아닐까. 자연스러운 성장 과정을 응원하고, 부드러운 손길로 다독이면서.

하지만 모든 무서운 일이 가치 있는 것은 아니다.

어린이가, 청소년이, 어른이 '여성'이기 때문에 무서워하게 되는 그 많은 일들이 모두 그렇다. 그런 무서움은 아무런 가치가 없을 뿐 아니라 세상을 좀먹고 무너뜨린다. 우리는 어린이가, 여성이 안전을 위협받는 세상에서 살게 할 수 없다. 수수를, 보리를, 검은콩이를 불안하고 신뢰할 수 없는 세상에서 살게 할 수 없다. 피해자가 고발하고 여성들이 파헤

쳐야 겨우 끔찍한 범죄가 드러나는 세상에서, 죄 지은 자들이 처벌받으리라 확신하지 못하는 세상에서, 그래서 매번 '청원'을 넣어야 하는 세상에서 살게 할 수 없다. 둥글레가 강낭콩이가 이것을 반복하게 할 수 없다.

이 무가치한 두려움을 없애는 유일한 길은 성범죄에 대한 관용 없는 판결과 완전한 법 집행뿐이다. 단 한 명의 성범죄자도 빠짐없이 죗값을 치러야 한다. 가해자는 어떤 요행도 기대할 수 없다는 사실이 곳곳에서 날마다 확인되어야 한다. 그래야만 우리는 어린이를 피해자로도 가해자로도 키우지 않을 수 있다. 지금껏 해결하지 못한 많은 성범죄 사건들의 연장선 위에 'n번방 사건'이 있다. 마지막 기회인데도 해결이 지지부진해서 나는 두렵다. 지금 우리는 굴다리를 지나는 걸까, 동굴에 갇힌 걸까. 손에 잡히는 것은 무엇이든 들고 출구를 내야 할 때다.

놀이 아니고 놀기

****

나에게는 보물 지도가 한 장 있다. 다은이가 아홉 살 때 그려 준 것이다.

동네 도서관 앞 놀이터에서 친구들이랑 놀다가 예쁜 상자를 발견하고는 특이하게 생긴 돌멩이, 길가 한구석의 꽃, 주머니에 들었던 머리 끈 같은 것을 모아 담았다고 했다. 그 상자를 아무도 모르는 곳에 묻었다더니 문득 목소리를 낮추고 말했다.

"선생님, 선생님은 비밀 지킬 수 있죠? 어디 숨겼는지 알려 드릴까요?"

"비밀은 지킬 수 있지. 그런데 만약에 선생님이 찾아보고 싶으면 어떡하지?"

그건 생각해 보지 못했는지 다은이 눈빛이 잠깐 흔들렸다. 그러다 결심한 듯 연필을 잡았다.

"그럼 가서 보기만 해야 돼요. 신랑이랑은 같이 가도 돼요."

'신랑'은 물론 나의 남편을 가리키는 말이다. 무려 보물을 찾으러 가는 모험이니 부부 동반까지는 허락하고 싶었던 모양이다. 다은이는 설명을 해 가며 열심히 지도를 그렸다. 다은이와 친구들은 최대한 사람들 눈에 띄지 않도록 일부러 도서관 뒷길로, 공원의 좁은 길로, 이리저리 경로를 틀어 가며 보물 숨길 곳을 찾았다고 했다. 그렇게 완성된 보물 지도는 꽤 복잡했는데 결국은 독서교실 바로 앞 쉼터 근처에 X 표가 쳐졌다. 도서관에서 곧장 왔다면 이 분도 안 걸렸을 지점이다. 그런데도 아이들에게는 아주 긴 여정이었나 보다.

"엄마가 삼십 분만 놀다 오라고 했는데 한 시간도 넘게 놀아서 저희 다 혼났어요."

나는 보물 지도를 고이 받아 파일에 끼워 두었다. 몇 년이 지난 지금까지 보물을 찾으러 가 보지는 않았다. 그럴 필요가 없었다. 다은이와 친구들의 특별한 오후가 담긴 이 지도가 보물이나 다름없으니까.

"요즘 아이들은 놀 시간이 없다" "친구가 없다" "게임만 한다"고 한탄하는 어른들도 있다. 그렇게 안타까워하면서도 한편으로는 이제 어쩔 수 없는 일인 것처럼 말하지만 어린이들 입장은 그렇지 않다. 어른들의 어린 시절과 환경이 많이 달라지긴 했어도 어린이들이 놀고 싶어 한다는 사실에는 변함이 없다. 어떻게든 시간을 만들어 내고 친구를 불러내고 일을 만들어 내면서, 어린이들은 논다.

주호는 동네 형들과 '칠드런스컵' 대회를 조직했다고 했다. 모월 모일에 개막식을 열면서 축하 공연도 하기로 했단다. 주 경기장은 누군가네 집 앞 공터. 한 팀에 세 명씩, 모두 네 팀이 토너먼트도 하고 리그도 할 거라고 했다. 열 살인 주호가 제일 어린 선수고, 최고령 선수는 열네 살이라서 팀을 나누기가 쉽지 않았지만 결국 "모든 것은 회의로" 결정했다는 주호의 표정이 더없이 진지했다.

"경기 앞두고 건강 관리 잘해야겠다. 배탈이라도 나면 어떡해."

"그것도 회의 때 얘기했는데, 화장실은 보내 주기로 했어요. 쿨링 브레이크 겸요."

"'컵'인데, 상품은 없어?"

"원래는 각자 천 원씩 내려고 했는데요, 도박으로 걸려서 경찰서 갈까 봐 그건 안 하기로 했어요."

아무리 생각해도 대회를 조직하는 과정이 실제 경기보다 재미있었을 것 같다. 비록 개막식 당일에 까먹고 안 나타난 선수, 갑자기 마음을 바꿔 출전을 취소한 중학생 선수 때문에 약간의 파행을 겪긴 했지만 그것까지도 주호네 '칠드런 스컵'의 성과가 아닌가 생각한다.

평소에 밖에서 놀기보다 가만히 책 읽기를 좋아하는 지연이도 '지탈'을 할 때만은 빠지지 않는다. 지탈은 '지옥 탈출' 아니면 '지구 탈출'의 준말이란다. 나는 처음 듣지만 어린이들 사이에서는 꽤 오래된 놀이라고 했다.

"학교에 구름사다리랑 미끄럼틀이랑 그물이랑 합쳐진 놀이 기구 같은 거 있잖아요. 거기서 술래가 다른 애들을 잡는 거예요. 술래는 땅에 내려와도 되는데 다른 애들은 땅 짚으면 죽는 거예요. 대신에 술래는 눈을 감아야 돼요."

"뭐라고? 눈을 감는다고? 그러다 떨어지면 어떡해?"

나는 기함을 했지만 지연이는 태연했다.

"눈을 감아야 재미있죠! 그리고 안 떨어져요."

사실 그런 아슬아슬함이 놀이의 재미겠지. 말로만 들어서는 술래가 너무 불리할 것 같은데 꼭 그렇지도 않단다. 술래가 아닌 아이들은 소리를 내지 않고 움직이느라 꽤 긴장이 된다고 한다. 그래도 너무 위험한 것 아닌가, 나는 걱정했지만 "에이, 괜찮아요" 어린이들은 느긋했다.

어린이들의 놀고 싶어 하는 마음을 알기 때문일까. 언젠가부터 어린이와 관련된 행사, 축제 등에 '놀자'는 제안이 빠지지 않는 표어가 되었다. 그런 것만 보아서는 어린이가 놀 일이 엄청나게 많은 것 같다. 모래야 놀자, 그림자야 놀자, 동화야 놀자, 경제야 놀자, 환경아 놀자, 우표야 놀자, 자연과 놀자, 도시에서 놀자, 서당에서 놀자……. 모두 어린이에게 좋은 것을 주고 싶어서, 그러면서도 즐겁게 해 주고 싶어서 내건 표현일 것이다.

그렇지만 '어린이책 잔치'의 표어로 '다 같이 놀자' 같은 것이 발표되면, 어린이 대상 행사라고 너무 안일하게 기획한 것은 아닌가 의심되는 것 또한 사실이다. '인권아 놀자'도 그렇다. '어린이 인권 도서 전시회'에 많은 어린이가 오기를 바라는 마음은 알지만, 아무리 그래도 인권과 놀 방법은 없다. 인권을 놀 대상으로 여긴다 해도 곤란하다. 어린이가 진지하게 배우고 익혀야 할 지식까지도 '놀이'의 대상으로 삼는(사실은 포장하는) 경우는 그 밖에도 많다. 실제 내용은 교과 학습이면서 이름에만 '놀이'라는 말을 붙인 프로그램들도 그중 하나다.

지난겨울, 방학을 앞둔 현우의 생활 계획표를 볼 기회가 있었다. 어머니 말씀으로는 만날 놀러 나갈 궁리만 하고 집에 붙어 있지를 않으니 억지로라도 계획표를 만들게 하셨단다.

"그거라도 방에 붙여 놓으면 놀더라도 좀 찔리면서 놀지 않을까 했는데요, 어휴 글쎄 이건 선생님이 직접 보셔야 알아요. 기대하세요."

전화로 먼저 귀띔을 받았는데도 현우의 생활 계획표를 보니 웃음이 터졌다. 공부는 하루에 두 시간이나 할까 싶은데 '게임, 야구, 놀기, 텔레비전 보기, 휴식, 잠' 등은 섬세하고도 단호하게 구분되어 일과를 빈틈없이 채우고 있었다. "정말 지킬 수 있게 짜라"는 어머니 말씀을 따랐다고 현우는 설명했다.

나는 현우의 생활 계획표에서 '놀기'가 특별히 마음에 들었다. 어른들의 '놀자'나 '놀이'와 달리 현우가 쓴 '놀기'에서는 반드시 놀겠다는 의지가 느껴졌다. 어디서 놀지, 무엇을 하고 놀지, 누구랑 놀지는 몰라도 날마다 놀기는 놀겠다는 의지. 그러고 보면 놀기의 핵심은 이런 '예측 불허'에 있지 않을까? '놀자' 프로그램이며 온갖 '놀이'가 제공하는 적당한 환경과 도구, 규칙도 나름대로 재미있을 것이다. 경험의 폭을 넓히고 지식을 얻는 것도 의미가 있다. 하지만 '놀기'는 예측할 수 없을 때 확실히 더 재미있다. 소득이 없어도 된다. 그 점은 어른이나 어린이나, 예나 지금이나 똑같다. 거창한 절차를 만들어 보물을 숨기고, 제대로 운영되기 어려운 대회를 꾸리고, 몇 번이고 지옥을 탈출했다 다시 들어갔다 하는 데 무슨 소득이 있겠는가.

아니, 정말 소득이 없을까? 그때그때 필요한 규칙을 만들고 고치고 응용하면서 배우는 것이 없을까? 여럿이 어울려 놀다가 억울한 처지가 되어 보고, 박수도 받아 보고, 믿기지 않는 승리나 아까운 패배를 경험하는 것은 어떤가. 같은 편이 되고 싶지 않던 아이와 한편이 되어 보고, 힘을 합치고, 의외로 손발이 맞아 가까워졌다가 다시 실망하고 다시 기대하는 것도 소득이 아닐까? 복잡한 감정들을 곱씹으며 집에 갔다가 다음 날이면 모든 것을 깨끗이 잊고 어린이는 다시 놀이터로 달려 나간다. 나는 이런 순간들이 어린이가 성장하는 데 꼭 필요한, 다른 것으로 대신할 수 없는 자양분이 된다고 믿는다. 무엇보다 지금이 몇 시인지도 모르고 여기가 어디인지도 잊고 자기가 완전히 소진될 때까지 노는 그 순간이 어린이의 현재를 빛나게 한다. '놀기'에는 아주 큰 소득이 있다.

코로나19 이후 우리는 결코 전과 같은 생활로 돌아갈 수 없다고들 한다. 나는 두렵기도 하고 기대되기도 한다. 어떤 세상이 펼쳐지든 되도록 열린 마음으로 변화를 받아들이겠다고 생각하면서도, 한 가지는 꼭 지켜 내고 싶어진다. 어린이들이 마음 놓고 진짜로 놀 권리를 보장하는 것이다. 바깥이 위험한데도 어린이를 나가 놀게 하자는 게 아니라, 어린이가 놀 수 있는 환경만은 어떻게든 만들자는 뜻이다. 지난봄부터 어린이들은 어린이집에도 학교에도 가지 못했다. 당연히 마음껏 놀지도 못했다. '사회적 거리 두기'에 가장 헌신적으로 협조한 집단이다. 물론 어린이는 실내에서도 어떻게든 놀 거리를 찾아낸다. 그렇지만 어디든 나가서 잠깐이라도 뛰놀고 와야 칩거 생활을 견딜 수 있는 게 어린이다. 그 점을 생각하면 어린이가 사회를 위해 무엇을 희생했는지, 어른들도 알아야 한다.

한산해진 동네 놀이터를 지나다가 하준이 생각이 났다. 원래는 놀이터에 어린이들이 있다 싶을 때 다가가 보면 언제나 하준이가 있다. 나를 알아보고 달려와 인사할 때 보면 땀 때문에 머리카락이 이마에 딱 달라붙어 있다. 몸에서는 모락모락 김이 날 지경이다. 때로는 공을 차느라 급해서 멀리서 내게 손만 흔들어 보이기도 한다. 그럴 땐 마주 손을 흔드는 나까지도 싱싱해지는 것 같다. 한번은 수업 때 '내가 좋아하는 놀이 설명하기'를 했다. 하준이는 '정글짐 술래잡기' 하는 방법을 내게 가르쳐 주었다.

"떨어져도 술래, 잡혀도 술래예요. 다섯 명이나 여섯 명이 하는 게 제일 좋아요. 더 많으면 정신없고, 더 적으면 심심해요."

나는 또 걱정을 버리지 못하고 물었다.

"떨어져서 다치면 어떡해?"

그러자 하준이는 웃는 얼굴로 나를 안심시켰다.

"밑에 모래 있으면 떨어져도 안 아파요."

그렇지, 모래가 있었다. 놀이터의 모래 때문에 뛰기 어렵고, 모래가 자꾸만 신발 속에 들어가 불편하다고만 생각했는데. 하준이는 바로 그런 모래를 믿고, 떨어져도 다칠 걱정 없이 아찔한 정글짐을 올랐던 것이다. 나는 마치 격언인 것처럼, 하준이의 말을 그대로 외웠다. "밑에 모래 있으면 떨어져도 안 아파요." 이 말을 떠올릴 때마다 어른의 역할이 무엇인지 생각하게 된다.

읽고 쓴다는 것

****

독서교실에서는 아홉 살 이상 어린이부터 수업을 진행하고 있다. 처음에는 멋모르고 일곱 살 어린이도 만났는데 정말 미안하게도 내가 응대할 능력이 되지 않았다.

그림책들을 늘어놓고 사이를 경중경중 건너뛴 다음 지금 하마를 피해 강을 건넜다며 만세를 부른다거나, 책에서 악어가 팔굽혀펴기를 잘한다는 내용이 나오면 갑자기 자기도 얼굴이 벌게지도록 팔굽혀펴기를 한다거나, 백 더하기 만이 백만이라고 우기는 것은 괜찮았다. 한 명이 지나간 자리가 열 명이 지나간 자리 같고, 나는 열다섯 명을 만난 것처럼 체력이 소진되었지만 그것도 괜찮았다. 문제는 "선생님이랑 그림책 읽자"고 하면 너무나 자연스럽게 내 무릎에 올라와 앉는 것이었다. 나를 친하게 여기는구나, 내가 무섭지는 않은가 보구나 싶어 고맙기는 하지만 그래서는 제대로 된 수업을 할 수가 없었다. 방금 전까지 그렇게 흥분해서 책을 읽고는 집에 갈 시간이 되어서는 너무 졸린다며 누워 순식간에 잠들어 버리는 어린이도 있었다.

이후로는 학교에서 앉아 있는 연습도 좀 하고, 독서교실이 무엇을 하는 데인지도 알고, 책을 읽어 오는 숙제도 이해할 수 있을 무렵 만나는 것으로 원칙을 정했다. 그게 아홉 살, 2학년이다(초등 1학년 선생님들께 정말 언제나 감사드립니다). 그런데 악어와 경쟁하며 팔굽혀펴기를 하던 아람이가 무럭무럭 자라 열 살이 되었을 때 뜻밖의 제안이 들어왔다. 아람이 동생, 일곱 살 자람이가 독서교실에 다니고 싶어 한다는 것이었다.

"자람이가 원래 형 하는 건 안 하려고 하거든요. 아마 뭘 해도 형이 더 잘할 수밖에 없으니까 경쟁하기 싫어서 그런 것 같아요. 근데 독서교실은 간다고 떼를 쓰는 거예요. 저랑 아람이가 아직 안 된다고 했는데 소용이 없어요. 나중에는 아람이가 '너 글자는 읽을 줄 알아야 돼. 글자 못 읽잖아' 했더니 뭐라고 못 하고 저보고 물어봐 달라고 하더라고요. 어떻게 안 될까요?"

한 번 들어와 본 적도 없는데, 자람이는 왜 독서교실에 오고 싶어졌을까? 아마 형이 책을 읽는 모습이 멋있어 보였기 때문일 것이다. 그리고 부모님이 다 책을 좋아하시니까……역시 가정에서 책 읽는 모습을 자주 보는 게 중요하지……아무리 그렇게 생각하려고 해도 '나랑 몇 번 마주쳐서 인사한 적이 있긴 있잖아? 그때 내가 그렇게 좋아 보였나?' 하는 생각이 떨쳐지지 않았다. 마주칠 때마다 어머니 뒤로 숨다시피 하고 목소리도 잘 안 들려주더니, 사실은 내가 궁금했나? 그래서 하마터면 당장 오라고 할 뻔했지만 겨우 참고, 일단 글자는 떼고 얘기하자고 어머니께 말씀드렸다.

그러던 어느 날 저녁, 자람이 어머니가 잠깐 볼 수 있느냐고 하셨다. 여행지에서 맛있는 걸 사 왔는데 나누고 싶다는 말씀이었다. 기쁜 마음으로 나갔더니 자람이도 함께 있었다. 자람이 손에 대전의 유명한 빵집 성심당 쇼핑백이 들려 있었다. 자람이는 여전히 내게 인사를 하는 둥 마는 둥 했다. 어머니와 내가 이야기를 나누는 동안 발끝만 보던 자람이가 대단한 발견을 한 듯이 외쳤다.

"엄마! 여기 김소 있다. 영만 있으면 선생님인데."

어머니에게 하는 듯, 나 들으라는 말이었다. 내려다보니 정말, 성심당 쇼핑백 속 상자에는 "튀김소보로"라고 적혀 있었다. '영'이 있었으면 튀김소영이 되었을 것이다.

"정말이네! 자람이 영도 읽을 줄 아니?"

"네, 쓸 수도 있어요. 우리 아빠 이름에도 영이 들어가거든요."

내가 손바닥을 내밀자 그 작은 손으로, 자람이가 '영'을 썼다. 이 세상에 자기 손바닥에 글자를 써 주는 일곱 살의 부탁을 거절할 수 있는 사람이 있을까? 자람이에게 독서교실 문을 열어 주지 않을 도리가 없었다. 게다가 언질을 받은 대로 글자도 익혔으니까.

자람이가 '튀김소보로'에서 '김소'를 발견했을 때 어떤 기분이었을지 짐작이 간다. 내가 처음 일본어를 배울 때 그랬다. 히라가나를 겨우 외운 뒤에 처음으로 길에서 'うどん(우동)'을 읽고는 얼마나 기뻤는지 모른다. 일본으로 여행을 갔을 때는 보이는 족족 간판을 소리 내어 읽었다. 한자와 가타카나로 쓰인 간판이 많아서 다 읽을 수는 없었지만, 그야말로 '새로운 세계'를 만난 듯했다. 글자를 안다는 것은 정말 대단한 일이다.

장 폴 사르트르의 자서전 『말』*에는 그가 처음 글자를 익히던 때의 일이 상세하게 나와 있다. 어린 사르트르는 책을 읽어 주겠다는 어머니 말에 미심쩍어하며 "요정들이 이 속에 있어?" 하고 묻고, 책에 매료된 뒤에는 어머니가 아니라 책이 말하고 있다고 느낀다. 그리고 글자를 읽을 줄도 모르면서 책을 읽는 척한다. "한 줄도 거르지 않고 검은 흔적을 따라가면서 큰 소리로 아무 이야기나 혼자 지껄여 댔다." 프랑스 실존주의 문학의 거장, 노벨 문학상을 비판하며 수상을 거부한 날카로운 지성도 글자를 익히기 전에는 '지어내서 읽기'를 시연한 평범한 어린이였다. 그 생각을 하면 웃음이 난다. 마침내 스스로 책을 읽을 수 있게 된 뒤 사르트르는 인류의 지혜와 씨름하며 세계를 만났다고, 그것이 자신의 오늘날을 만들었다고 고백한다. 그가 가리킨 '오늘날'은 그의 명성이 한창 높아진 60세 무렵이다.

그런데 사르트르 어린이도 글자를 익혔다고 해서 바로 읽기의 세계로 돌입하지는 못했을 것이다. 기호를 읽는 것과 의미를 아는 것은 다른 문제이기 때문이다. 초심자인 어린이들은 책을 소리 내어 읽다가 머뭇거리는 순간이 자주 있다. 아람이는 혼자 힘으로 책을 읽게 된 뒤에도 '우스꽝스러운'이라는 단어를 읽을 때 차마 '꽝'을 '꽝'이라고 읽지 못했다. 문맥상 '우스운, 웃긴' 같은 말을 기대했을 텐데 갑자기 '꽝'이라니 믿기 어려웠던 모양이다. 그래서 "우스……꽝?

스러운?"이 되었다.

예진이는 '횃불을 들고'의 '횃'이 어색해서 "홰앳?" 하고 놀라듯이 읽기도 했다. 나는 어렸을 때 안데르센 동화 『엄지공주』에 나오는 표현 '을씨년스러운 날씨'가 믿기지 않았다. 한 글자씩 짚어 가며 발음하고 금기를 어긴 듯한 기분을 느꼈던 게 생각난다. '으스스한 소리'를 '스르르한 소리'로 읽는가 하면 인물의 대사를 연기 톤으로 읽는 데 몰입한 나머지 지문까지 격앙된 목소리로 읽다가 문득 깨닫고 머쓱해하는 어린이도 있다.

읽기는 쓰기와 나란히 간다. 읽기 시작한 어린이가 힘껏 글자를 쓰는 모습은 언제 보아도 대견하다. 'ㄹ'을 그리다가 언제 끝낼지 몰라 본의 아니게 한자 '弓'을 쓰기도 하고, 'ㄹ'에 익숙해질 무렵 잘 쓰던 'ㄷ'이 갑자기 'ㄱ'이 되는 때도 있지만 결국 해낸다. 나는 어린이가 글을 쓰다가 모르는 글자를 물어보면 되도록 책에서 찾아서 가르쳐 준다. '책에는 뭐가 많이 있다' '선생님도 책을 보고 알게 됐다'는 것을 보여 주고 싶어서다. 한번은 규민이가 '뾰족뾰족'을 어떻게 쓰냐고 물어봤다. 내가 종이에 쓰려고 하자 규민이는 가만히 내 팔을 붙들었다.

"뾰족뾰족은 책에 없어요?"

선생님도 어차피 책 보고 아는 거 아니냐, 나도 책 보면 안다는 투였다. '뾰'가 인쇄된 책은 찾기가 어려울 것 같다고 겨우 양해를 구하고 '뾰족'까지 썼을 때 규민이가 점잖게 말했다.

"한 번만 써도 돼요."

그러게, 한 번만 써도 되는데. 하고많은 글자 중에 두 글자를 몰랐을 뿐인데 내가 너무 나섰다. 자존심을 건드렸을까 봐 내심 걱정했는데, 다행히 규민이는 "뾰는 좀 이상하게 생겼네요" 하며 재미있다는 얼굴로 '뾰족뾰족'을 그리다시피 썼다.

어린이가 읽고 쓰게 되면 더는 어른 무릎으로 올라오려 하지 않는다. 더군다나 속으로 읽기 시작하면 성큼 자기 세계로 들어가 버려 어른과 어느 만큼 거리마저 생기는 것도 같다. 자람이는 2학년이 되면서 호기롭게도 『사자와 마녀와 옷장』**에 도전했다. 200쪽이 넘는 데다 작은 글자가 빽빽하게 들어차 있는 책이다. 초반에는 등장인물 이름도 헷갈리고 판타지 세계의 규칙도 낯설어서 읽는 데 애를 먹는 것 같더니, 어느 순간에는 "밤에 너무 졸린데 그다음에 어떻게 될지가 너무 궁금해서 조금만 더 봐야지 하고 읽어요"라고 했다. 진도가 안 나가서 답답할까 봐 영화도 있다고 알려 주고 그걸 먼저 봐도 된다고 했지만, 자람이는 사양했다. 책으로 다 읽은 다음에 보겠다는 것이다. 몇 달에 걸쳐 끝내 책을 다 읽었을 때 자람이는 손을 배에 모으고 인사하며 이렇게 말했다.

"이 책을 소개해 주셔서 감사합니다."

어린이가 나한테 책을 단지 '소개'받았다고 느끼고 책과 자신만의 관계를 맺는 것을 보면 마음 한구석이 부풀어 오른다. 『사자와 마녀와 옷장』의 세계가 나의 것 하나, 자람이 것 하나 따로 생긴 것 아닌가. 사실은 그 점에서 조금은 허전하기도 하다. 우리가 같은 세계에 있을 수 없는 것만 같아서. 그런데 자람이가 다음에 읽을 책을 고르면서 『에밀과 탐정들』***을 꺼내 들고 유심히 살폈다.

"이 책 재미있어요?"

"너무너무 재미있지. 선생님이 엄청나게 좋아하는 작가야. 이 작가 책은 다 재미있어."

무슨 까닭인지 자람이는 '에리히 캐스트너'라는 작가 이름을 종이에 적어서 가져갔다. 그러고는 몇 주 뒤에 내게 선물을 내밀었다. 에리히 캐스트너의 『핑크트헨과 안톤』****이었다.

"선생님이 맨날 저한테 책을 소개해 주시잖아요. 저도 선생님한테 선물을 하고 싶었어요. 그래서 이 책을 샀는데 나중에 형아가 독서교실 갔다 와서 이 책 독서교실에 있다고 하는 거예요. 그래도 선생님 드리고 싶어요. 제가 편지도 썼어요."

자람이가 가고 보니 편지에는 이런 대목이 있었다.

"이 책이 선생님한테 있잖아요? 하지만 다 똑같은 책이어도 이 책앤 제 마음이 있어요."

'이 책앤' 자람이의 마음이 담겨 있다. 나도 마음을 담아 읽을 것이다. 그러니 똑같아 보여도 다 다른 책이다. 자람이 말이 완전히 맞다.

끝을 가늠할 수 없는 코로나 사태에 어쩔 수 없이 조금씩 마음이 어둡고 무거워진다. 많은 사람들이 그럴 것이다. 그래서겠지만 사람들 사이에 오가는 말과 글에 소스라칠 때가 자꾸 생긴다. 세상에 단 하나뿐인 책『핑크트헨과 안톤』을 펼치면서 나는 읽는다는 것에 대해서 생각했다. 글은 똑같은 글인데 읽는 사람에게 그려지는 세계는 모두 다른 모습이다. 그래서 좋기도 하고 조심스럽기도 하다. 얼마 전에 만난 친구는 "글이 무거워요. 한 글자 한 글자가 무거운 거예요"라고 했다. 글자를 익히고, 글을 읽어 내 것으로 만들고, 어려운 글자를 써서 연습했던 나는 지금 글을 무겁게 귀하

게 여기고 있을까? 읽고 쓰기를 배우던 시절의 마음을 생각하면서『핑크트헨과 안톤』을 다시 읽을 생각이다.

*   장 폴 사르트르, 정명환 옮김,『말』, 민음사, 2008.
**   C. S. 루이스 글, 폴린 베인즈 그림, 햇살과나무꾼 옮김,『사자와 마녀와 옷장』, 시공주니어, 2018.
***   에리히 캐스트너 글, 발터 트리어 그림, 장영은 옮김,『에밀과 탐정들』, 시공주니어, 2000.
**** 에리히 캐스트너 글, 발터 트리어 그림, 이희재 옮김,『핑크트헨과 안톤』, 시공주니어, 2020.

제가 어렸을 때는요

****

모 어린이 전용 공간을 만드는 일에 참여한 적이 있다. 기획 단계에서 의견을 보태고 거기 놓일 어린이책 큐레이션에 참여한 것인데, 그 인연으로 오프닝 행사에 초대도 받았다. 때는 1월 중순, 바깥은 춥고 행사장은 따뜻했다. 어린이들과 어른들이 삼삼오오 모여서 이야기를 나누고 책을 구경했다. 나는 공간을 둘러보다가 한 어린이를 보았다. 아늑한 구석에 놓인 의자에 편안한 자세로 앉아서 어린이는 책 읽기에 열중해 있었다. 어린이가 읽기에는 조금 두꺼운 책인 듯해서 슬쩍 보니, 반갑게도 내가 큐레이팅한 책 중 한 권이었다. 나는 행사장의 부드러운 분위기에 힘입어 조심스럽게 말을 걸었다.

"안녕하세요. 책 재미있어요?"

"네, 재미있어요."

"저, 실례지만 몇 살이에요?"

"여덟 살요."

어린이는 그렇게 대답하고는 다급하게 정정했다.

"아니 아홉 살, 아홉 살이에요! 이번에 아홉 살 됐거든요!"

어린이 표정이 무척 분해 보였다. 새 나이가 익숙하지 않은 때, 갑작스러운 질문에 답하느라 자기도 모르게 '옛날' 나이를 말해 버렸으니 그럴 만도 했다. 이 책 나도 무척 좋아한다고, 보통은 더 나이 많은 어린이들이 읽는다고, 어린이가 읽는 걸 보니 반가워서 말 걸었다고 하고 헤어졌다. 아홉 살, 한참 나이에 집착할 나이의 어린이에게 큰 실례를 한 것은 아니기를 빌면서.

처음에 어린이들이 "제가 옛날에요" 하고 말하는 걸 들었을 때는 어떤 표정을 지어야 할지 몰랐다. 물론 누구에게나 옛날이 있지만, 솔직히 말해서 아홉 살, 열 살 어린이가 "제가 어렸을 때는요" 하는 식으로 말하면 당황스러웠다.

"저 옛날에 로보카 폴리 진짜 좋아했는데. (지금은?) 에이,

어렸을 때요."(스파이더맨 애호가, 아홉 살)

"저도 어렸을 때는 종이접기 어려운 거 잘 못했어요. 꾸준히 해서 이제 잘하는 거죠."(나에게 종이접기를 가르쳐 주며, 아홉 살)

"이 책 보면 진짜 옛날 생각나요. 그때 여름 방학이었는데."(안녕달 그림책『수박 수영장』*을 보며, 열 살)

길어야 3, 4년 전의 일을 두고 힘주어 "예엣날"이라고 하는 것은 당사자에게 정말 까마득한 옛날로 느껴지기 때문이다. 마흔 살의 3년 전과 열 살의 3년 전은 똑같은 기간이라고 보기 어렵다. 살아온 날들에 대한 비율로 따져 보니 열 살이 회상하는 '일곱 살 때'는 마흔 살에게는 이십 대 후반이된다. 그런 만큼 어린이에게 어른은 엄청나게 오래 산 사람으로 여겨지기도 할 것 같다.

독서교실 어린이들과 역사책을 읽을 때면 "선생님 어렸을 때"가 등장하기도 한다. 케케묵은 옛날이야기로 들릴까봐 삼가는 편이지만, 사진 속 1980~90년대 사건들을 보고있노라면 한두 마디 보태고 싶은 걸 참기 어렵다. 내가 어렸을 때 보고 들은 일들이 역사의 한 부분인 것처럼 오늘날의어떤 사건도 나중에 어린 시절과 함께 기억될 거라고 말해 주고 싶은 것이다. 하지만 어린이들은 '88 서울 올림픽' 당시 어린이들이 호돌이를 따라 그린 이야기보다 그럴 때 드러나는 내 나이를 더 흥미로워한다. 나는 왠지 머쓱해진다.

그런데 새해가 되자마자 새 나이를 자랑하던 어린이들도 어느 순간부터는 나이 따지는 일에 심드렁해진다. 초등학교에 입학하고 나면 나이보다 '학년'이 중요해지는 것도 관련이 있는 것 같다. 어릴 때는 "몇 살이니?" 하고 묻던 어른들도 "몇 학년이니?" 하고 물을 때가 더 많다. 나만 해도 조카들을 떠올릴 때 '올해 은서가 몇 학년이지? 그럼 희서는?' 하고 따지게 된다. 어린이 스스로도 나이보다 학년을 소개할 일이 많다. "안녕하세요. 저는 ○○초등학교 ○학년 ○반 ○○○입니다" 하는 식이다.

물론 학생 신분이라는 것은 어린이에게 중요한 사회적 의미가 있다. 그렇지만 학년은 어린이의 학교 교육 과정을 고려한 명명 아닌가? 이런 의문을 갖게 된 건 내 직업과 관련이 있다. 어린이의 책 읽기를 안내하는 입장에서는 '학년' 구분이 오히려 함정이 될 때가 많기 때문이다. '몇 학년에 읽어야 하는 책' '몇 학년이면 이 정도 써야 한다'는 주장들은 나름대로 근거도 의미도 있지만, 당연히 절대적이지 않다. 그런데 어린이를 학년으로 부르면 이런 기준에서 자유로워지기가 아무래도 어렵다.

어린이는 2학년 때 2학년만큼 자라고, 5학년 때 5학년만큼 자라지 않는다. 6학년 어린이 중에도 4학년 같은 어린이가 있고, 3학년 어린이 중에도 5학년 같은 어린이가 있다. 심지어 한 어린이가 어떤 때는 3학년 같고, 어떤 때는 6학년 같기도 하다. 그런데도 어린이의 학년만 중시하는 바람에 어린이가 발달시켜야 할 여러 덕목들 중에서 공부에 대한 것만 강조되는 것은 아닐까 나는 의심하고 있다. 어린이들 스스로도 고학년이 되면 새 학년이 되는 기대보다 걱정이 많아진다. 중학교에 가기 싫고, 다시 아기가 됐으면 좋겠다는 어린이도 종종 만난다.

어린이를 '열 살'로 본다고 해도 3학년은 3학년이다. 그래도 나는 되도록 학년 대신 나이로 생각하고 싶다. 그러면 어린이의 성장을 조금 더 넓은 의미에서 생각하게 되는 것 같다. '몇 학년' 대신 어린이 자신을 기준으로 이전보다 나아갔는지 뒷걸음쳤는지 살피려고, 성취나 완수보다 과정을 한 번 더 격려하려고, 양이나 점수로 드러나지 않는 성장이 있다는 것을 잊지 않으려고 나 자신이 다짐하게 된다. 그럴 때 어린이를 더 잘 도울 수 있다. 이 이야기를 했더니 어느 초등학교 선생님께서 반갑게도 이런 말씀을 주셨다.

"제가 5학년 담임인데요. 사실 이 녀석들 5학년이면 학교 생활도 알 만큼 알고 웬만한 건 알아서 해야 되는데…… 하는 생각이 들곤 하거든요. 그런데 열두 살이라고 생각하니까 아이고 알면 얼마나 알겠냐, 어린이는 어린이구나 싶네요."

열두 살. 나의 열두 살은 『나의 라임 오렌지나무』**와 『어린 왕자』***를 읽은 때로 남아 있다. 이전까지 제일 좋아했던 책이 '꼬마 니콜라' 시리즈였던 것을 생각하면, 생애 최대량의 슬픔을 받아들여야 했던 시기였다고 할 수 있다. 감상에 절여지다시피 해서는 나도 이제 어린애가 아니라고 생각했던 걸 떠올리니 웃기기도 하고 좀 대견하기도 하다. 어린이들이 스스로 생각하는 열두 살은 어떨까?

『멋진 열두 살』****을 읽고 열두 살 어린이들과 '멋진 __ 살' 표를 만들어 봤다. 두 살, 열두 살, 스물두 살, 마흔두 살, 여든두 살 각각의 멋진 점을 쓰면서 성장에 대한 기대를 가져 보기를 바라는 마음에서였다. 대체로 두 살은 학교에 안 가고, 엄마 아빠가 원하는 걸 다 해 주시는 때였으니까 멋지다고 적었다. 열두 살은 친구도 사귀고, 새로운 걸 많이 배우고, 게임도 할 수 있는 것(이 좋은 걸 두 살 때는 못 했으니까!)을 멋진 점으로 꼽았다. 스물두 살은 좋은 점이 가장 많았다.

공부를 안 해도 되고(차마 오해를 바로잡아 주지 못했다), 운전도 하고, 어쩌면 직업을 가질 수도 있고, 여행도 다니고, 게임도 실컷 하고. 여든두 살도 멋질 것 같단다. 이제 인생에 여유도 있고, 손녀 손자 보는 것도 좋고, 일도 안 하고, 그때쯤이면 의학도 지금보다 발달했을 테니까 병에 걸릴 걱정을 덜 해도 될 것 같다고. 그런데 '마흔두 살의 멋짐'을 선뜻 적는 어린이는 없었다. 사십 대 중반 여성으로서 어딘가 발끈하는 마음이 들었다.

"마흔두 살도 얼마나 좋은 점이 많은데. 부모님을 떠올려 봐. 어떤 점이 좋아 보여?"

묵묵부답.

"선생님이 보기엔 여러분이랑 같이 지내는 거 멋진데. 그리고 일하는 보람도 있고. 이십 대 때보다 일에 대해서 자신감도 생기거든."

그런 말을 하면서 왠지 절박해졌다. 어쩌면 표정에 드러났을지도 모르겠다. 어린이들이 멋쩍어하며 웃기만 하는 중에 재준이가 용기를 낸 듯 말했다.

"근데 저희 키우는 거 좋긴 하겠지만 좀 힘들 것 같아요. 말도 안 듣고."

그러자 은빈이가 덧붙였다.

"맞아, 저는 자식 안 낳을 수도 있어요. 결혼도 안 할 수도 있고. 사십 대는 아직 일도 하고. 힘들 것 같아요."

내가 정말 어린이들 앞에서 이런 말은 안 하려고 했는데, 어쩔 수 없이 비장의 카드를 꺼냈다.

"후후. 여러분이 모르는 사실이 있다. 사십 대는 그전보다 돈이 많아. 선생님은 이십 대 때보다 지금이 더 좋아. 왜냐하면 열심히 일해서 돈을 모았거든! 지금까지 살아온 중에 지금이 제일 부자야! 나는 내가 먹고 싶은 것도 다 사 먹을 수 있어."

이렇게까지 했으니 이길 수밖에 없다, 상처와 함께하는 승리로군, 하고 있을 때 다시 재준이가 침착하게 입을 뗐다.

"선생님, 저희는 일을 안 해도 돼요. 엄마 아빠가 사 주세요."

하하…… 아, 그래. 그렇게 생각할 수도 있구나. 그럼 마흔두 살의 멋진 점은 나중에 생각날 때 채우기로 하자. 다음 시간에는 '__ 살의 나'를 주제로 글 써 오는 게 숙제예요. 오늘 수업은 여기까지예요. 대충 이런 말로 서둘러 수업을 정리한 것 같다. 하긴 아직 어린 사람들이 중년의 멋과 여유, 자유로움 같은 걸 어떻게 알겠어? 다들 커 봐야 알지. 공부도 하고, 방황도 하고, 성공도 하고 실패도 하고, 응? 이런저런 경험도 하고 말이야. 웅? 열두 살이 알긴 뭘 알아! 너희가 뭘 알아! 그날 밤에는 분해서 잠이 안 왔다.

＊   안녕달 그림책,『수박 수영장』, 창비, 2015.
＊＊   J. M. 바스콘셀로스, 박동원 옮김,『나의 라임 오렌지나무』, 동녘, 2003.
＊＊＊   앙투안 드 생텍쥐페리, 황현산 옮김,『어린 왕자』, 열린책들, 2015.
＊＊＊＊   신시아 라일런트 글, 홍기한 그림, 최순희 옮김,『멋진 열두 살』, 문학과지성사, 2010.

무수히 많은 방식으로

****

어렸을 때 나는 별명이 있는 아이들이 부러웠다. '고'씨면 '고사리', '지'씨면 '지렁이' 하는 식의 유치한 별명들이라도 그랬다. 정작 당사자들은 질색할 때가 많아서 나는 그렇게 부르지 않았지만, 왜 그렇게까지 싫어하는지 잘 이해가 되지 않았다. 나는 별명이 없었다. '김'씨는 영 심심한 성이고, '소영'은 너무 흔해서 별명을 붙일 재미가 없었던 모양이다. 직접 만들어 볼까도 했지만, 내가 생각해도 마땅한 게 없었다. 나는 이름마저 너무 평범했다.

나는 나만의 특징을 가지고 싶었다. 눈에 띄기를 바란 건 아니지만, '김소영' 하면 떠오르는 무언가가 있었으면 했다.

피아노를 칠 줄 안다거나, 달리기를 잘한다면 좋을 것 같았다. 노래를 잘하거나 힘이 센 것도 좋겠지. 아니면 쌍둥이라거나, 이름이 독특하다거나, 강아지를 키운다거나. 그러나 내가 찾아낸 남다른 점은 머리를 짧게 자르면 오른쪽이 뻗친다는 것 정도였다. 내가 바란 특징과는 영 거리가 있었다.

다른 특징도 하나 있기는 했다. 왼쪽 허벅지에 오이처럼 길쭉하게 난 희미한 흉터였다. 부모님은 그게 냄비에 덴 자리라고 하셨는데 나는 그 일이 전혀 기억나지 않았다. 나에게 흉터는 처음부터 거기 있는 무늬처럼 느껴졌다. 부모님은 그 흉터가 마음이 쓰이셨던 모양이다.

"이산가족 되더라도 소영이는 이 흉터로 찾을 수 있다."

"이게 있어야 진짜 소영이지."

그렇게 말씀하시곤 했다. 애절하게 가족을 찾는 사람들, 가족을 찾아서 기쁨에 오열하는 사람들이 텔레비전에 자주 나오던 때였다. 두 분의 의도는 아니었겠지만 나는 그런 말씀을 들으면 '우리도 이산가족이 될 수 있구나' 싶어서 덜컥 겁이 났다. 그래도 내 흉터를 들여다보면서 조금이나마 마음을 달랬다. 내게는 이름보다도 확실하게 나의 신원을 확인해 줄 흉터가 있었다. 재미있는 점은 당시에 두 분이 "아직 어려서 그렇지, 흉터는 크면 다 없어진다" "벌써 많이 흐

려졌다" 같은 말씀도 하셨다는 것이다. 흉터가 있어야 진짜 나인데 크면 흉터가 사라진다는 논리는 어딘가 이상하지만, 그때는 두 이야기를 모두 믿었다. 지금은 그런 기억만 남아 있고 흉터는 지워졌다. 결국 둘 다 맞는 이야기였다.

독서교실 어린이들에게 한 주 동안 있었던 일을 듣다 보면 심심치 않게 상처 자랑이 나온다. 상처가 클수록 무용담도 화려하다. 어떤 어린이는 내가 만류해도 기어이 반창고를 떼서 상처를 보여 주기도 한다. 아팠겠다, 쓰라리겠다 하고 내가 인상을 쓰면 신난 얼굴로 "전에는 이것보다 더 크게 다친 적도 있어요" 하면서 온몸을 짚어 가며 흉터를 보여 주려고 한다. 어린이로서는 아쉽게도 대개의 상처에는 새 살이 돋아 있다. 그런 모습을 볼 때면 혹시 어린이들도 내가 그랬듯이 자기만의 특별한 점을 찾고 있는 건 아닐까 싶어진다.

나는 '개성'이라고 하면 유별난 점, 뚜렷이 드러나는 특징, 남들과 확실히 구분되는 독보적인 무언가를 떠올리곤 했다. 그러면서도 장점이나 장점으로 봐 줄 만한 무언가여야 개성이라고 생각했다. 그런 것이 없으면 평범한 사람이라고 여겼던 것이다. 그런데 어린이들 덕분에 개성이란 '고유성'에 가깝다는 것을 알게 됐다. 어린이들이 저마다 가진 고유한 특징을 몇 가지만 꼽아 보아도 알 수 있다.

첫 수업 때 나는 어린이에게 '선생님이 모를 것 같은 나에 대한 다섯 가지 사실'을 말해 달라고 한다. 그리고 학교나 가족 관계, 눈에 띄는 재능 같은 것은 이미 부모님께 들어서 알고 있다고 말해 준다. 그렇게 해서 최근에 들은 자기소개들은 다음과 같다.

"물고기(구피)를 기른다. 피자보다 치킨(안 매운 양념)을 좋아한다. 강아지를 좋아한다. ㅇㅎㅈ이랑 친한데 1학년 때부터 친했지만 2학년 때 전학 온 애랑 같이 놀면서 더 친해졌다. 그림 그리기보다 책(만화책) 읽기가 좋다."

"고양이를 좋아한다. 친척이 많다. 좋아하는 음식은 나물비빔밥. 한자를 좀 많이 안다. 의사가 되고 싶다."

"ㅇㅅㅎ를 좋아하는데 전화번호는 모른다. 친구가 엄청 많다. 회장을 해 봤다. 내가 생각해도 상상력이 뛰어나다. 요즘에 ㄱㅎㅈ이랑 같이 만화책을 만들고 있다."

학년이나 성별 같은 것을 지우고 보면 어린이에 대해 더 잘 알게 되는 느낌이다. 하나하나의 정보는 색다른 점이 없지만, 그런 것이 모이면 어린이가 생생하게 그려진다. 누구랑 비교할 필요가 없는, 어린이의 고유한 모습이다.

한번은 이런 일이 있었다. 은규가 학교에서 친구들과 동아리를 만들려고 신청서를 냈다고 했다. 면접은 일곱 명이 다 같이 보았단다. '인원이 이렇게 많은데 지각하거나 잘 참여하지 않는 친구가 생기면 어떻게 해결할 것인가' 하는 질문이 나왔을 때 은규의 답은 이랬다.

"회장의 권위를 높여서 해결하게 해요. 회장을 민주적으로 뽑으면 돼요."

나서기 싫어하는 한편 효율성을 중시하는 은규다운 답이었다. 재미있는 것은 이 이야기를 전해 들은 재준이와 우찬이의 반응이다. 같은 질문을 받으면 뭐라고 할 거냐고 물었더니 재준이는 "일단 경고해요"라고 했고, 우찬이는 "바로 잘라요! 그럼 확실히 본보기가 될 거예요"라고 했다. 전에 옛이야기 속 '젊어지는 샘물'을 얻으면 어떻게 할 거냐는 질문에 은규는 "그런 게 있을 리 없죠"라고 일축했지만 재준이는 "아내하고 나눠 마셔요"라고, 우찬이는 "사업을 해요"라고 했다. 어쩌면 이렇게 제각각인지. 이 일을 생각할 때마다 이상하게도 숨통이 트이는 것만 같다.

한 어린이는 한복 디자이너가 되고 싶다고 했다. 경복궁에 놀러 갔을 때는 남자 한복을 입고도, 여자 한복을 입고도 사진을 찍었다고 했다. 친구들이 그 사진들을 보고 조금 놀린 모양인데, 어린이는 별로 신경 쓰지 않았다. 또 어떤 어린이는 아버지와 텔레비전으로 자연 다큐멘터리를 보는 게 취미라며 "저는 이빨이 큰 동물은 다 좋아해요"라고 했다. 그 어린이는 내가 빌려준 상어에 관한 책을 읽고 '이빨 책'을 만들어 왔다. 다양한 동물의 이빨과 자기네 가족의 이들이 그려져 있었다.

독서교실 가방 말고도 늘 조그만 보조 가방을 메고 오는 어린이도 있었다. 정중하게 부탁해서 그 가방에 뭐가 들어있는지 구경한 적이 있다. 빗, 호루라기, 물휴지, 메모지, 볼펜, 예쁜 돌멩이 같은 게 가지런히 정리되어 있었다. 종일 놀이터에서 살다시피 하는 어린이라 솔직히 의외라고 생각했는데, 어린이 말은 이랬다.

"놀다가 필요한 게 있어서 집에 갔다 오면 놀 시간도 없고, 엄마가 자꾸 그만 놀고 들어오라고 해서 안 돼요."

나중에 어머니께 들으니 그렇게나 신나게 뛰어놀면서도 틈틈이 머리도 빗고 손도 닦고 한단다.

"우리 집에서 제일 깔끔해요. 동생도 제 오빠 같지는 않거든요. 저도 남편도 털털한 편인데, 누구를 닮았는지 모르겠어요."

그런데 내가 보기에 자녀들은 애초에 부모를 그렇게 닮지 않았다. 물론 얼굴이나 체형은 한 번씩 '아 맞다, 가족이지!' 할 만큼 꼭 닮은 모습을 볼 때가 있다. 생활 습관, 말투 같은 것도 닮은 데가 있다. 하지만 그런 것은 어린이를 설명하는 한 부분에 지나지 않는다. 어린이의 개성은 그보다 복잡하게 만들어진다. 어린이는 부모로부터 받은 것과 스스로 구한 것, 타고난 것과 나중에 얻은 것, 인식했거나 모르고 지나간 경험이 뒤섞인 존재다. 어른이 그렇듯이.

어린이가 누군가와 닮았다고 하면 설명이 쉬워진다. 나는 한때 작은 조카의 얼굴과 입맛이 나와 닮았다는 사실에 집착해서, 그 애에 대한 모든 것을 '이모 닮은꼴' 필터로 관찰했다. 책상 앞에 이것저것 써 붙인 것, 친구랑 돈 모아서 비싼 음식 사 먹으러 간 일, 의외의 순간에 태평해지는 성격도 다 나를 닮은 것만 같았다. 남편이 조심스럽게 우리가 그렇게까지 닮지는 않았다고 말해 주었을 때 속으로는 내 근거가 빈약하다는 걸 알았지만 "당신이 어렸을 때의 나를 몰라서 그래요"라고 대꾸했다.

그러다 보니 어느 순간에는 그 애가 왜 나처럼 공부에 안달복달하지 않는 건지 내가 안달복달하고 있었다. 닮은 점을 중심으로 보니까, 닮지 않은 부분을 아쉬워하는 것이다. 그 애가 어떤 일로 속상해서 울었다는 얘기를 듣고는 어린 내가 상처받은 것처럼 괴로웠다. 그런 것은 좀 닮지 말았으면 싶었다. 한마디로 나는 기대도 걱정도 그냥 내 맘대로 하고 있었다. 이모도 이러니, 부모님들이 어린이를 있는 그대로 본다는 것이 얼마나 힘들지 조금이나마 짐작이 간다.

어린이를 만드는 건 어린이 자신이다. 그리고 '자신' 안에는 즐거운 추억과 성취뿐 아니라 상처와 흉터도 들어간다. 장점뿐 아니라 단점도 어린이의 것이다. 남과 다른 점뿐 아니라 남과 비슷한 점도, 심지어 남과 똑같은 점도 어린이 고유의 것이다. 개성을 '고유성'으로 바꾸어 생각하면서 나는 세상에 얼마나 다양한 사람들이 살고 있는지 비로소 깨달았다. 우리가 살아가면서 매 순간 새로운 자신을 만들어 간다고 할 때, '다양하다'는 사실상 '무한하다'에 가깝다고도 할 수 있다.

그런 생각을 할 때면 메리 올리버의 문장들이 떠오른다.

"우주가 무수히 많은 곳에서 무수히 많은 방식으로 아름다운 건 얼마나 경이로운 일인가. 그러면서도 우주는 활기차고 사무적이다."(『완벽한 날들』* 중에서)

머리가 한쪽으로 뻗치고 허벅지에 흐릿한 흉터가 있는 어린이, 왜 나는 별명이 없을까 골똘히 고민하던 어린이를 떠올려 본다. 나는 아마 '평범해 보이는' 어린이였을 테고, 다른 아이들도 비슷했을 것이다. '지렁이'라고 불리는 게 싫어서 왜 나는 김씨가 아닐까 분통을 터뜨리는 어린이도 있었겠지. 키우는 강아지가 언니하고만 친해서 강아지를 원망하는 어린이도, 노래는 잘하지만 남들 앞에 서는 게 싫어서 음악 시간에 빠지고 싶은 어린이도 있었겠지. 지금도 어딘가에 비슷한 고민을 하는 전혀 다른 어린이와 어른이 있겠지.

사람들이 각자 자기 방식으로 살아가는 우주는 활기차다. 서로 달라서 생기는 들쭉날쭉함이야말로 사무적으로 보일 만큼 안정적인 질서다. 그런 우주 속에서 살아간다는 게 나는 안심이 된다. 우주가 우리 모두를 품을 수 있을 만큼 넓다는 사실도.

＊   메리 올리버, 민승남 옮김,『완벽한 날들』, 마음산책, 2013.

2부
♥
어린이와 나

가장 외로운 어린이를 기준으로

어린이들과 글쓰기를 할 때, 집에 빗댄 설명을 종종 한다. 단어를 벽돌로, 문장을 벽으로, 문단을 방으로 생각하게 하는 것이다. 특히 하나의 문단에는 하나의 생각만 들어가야 한다는 것을 잠자는 방, 부엌, 화장실을 구분하는 데 비유하면 설명하기가 좋다. 집의 크기나 식구 수에 따라 방의 개수가 달라지듯이, 글도 상황에 따라 단락 수가 달라진다고 말하기도 한다. 그럴 때는 어린이들이 구체적으로 떠올릴 수 있게 내 경험을 덧붙인다.

"지금 우리 집에는 방이 세 개야. 그런데 선생님은 전에 방이 한 개인 집에서도 살아 봤어. 모두 집이야. 글도 한 문단으로 이루어질 수 있어."

그런데 한번은 어린이에게 이런 질문을 받았다.

"그때는 선생님이 혼자 살아서 방도 하나였어요?"

문득 말문이 막혔다. 아니, 네 식구가 한 방에서 살았어. 그 말이 바로 입 밖으로 나오지 않았다.

✳

단칸방에 온 가족이 살았을 때, 그러니까 초등학교 1학년 무렵의 일이다. 어린 나는 그게 불편한 건지 어떤 건지도 몰랐고, 다만 친구를 집에 데려오지 못하는 게 아쉬웠다. 부모님이 통 허락을 안 하셨다. 내가 친구네 집에 가는 것도 내키지 않아 하셨다. 오는 거야 그렇다 치고 내가 가는 건 왜 싫어하시는지 이해가 되지 않았다. 친구네 놀러 가기 시작하면 그 친구도 우리 집에 초대해야 해서였을까? 내가 다른 집이 어떻게 하고 사는지 보는 게 싫으셨을까? 어른이 된 뒤에는 그런 짐작을 해 보았다.

하루는 어렵게 허락을 받아 하굣길에 친구네 집에 갔다. 책가방이랑 신발주머니, 필통, 우산까지 한 세트로 된 것을 가지고 다니는 아이네 집이었다. 나는 그 집이 이층집인 것보다 그 애가 초인종을 누르는 모습에 더 놀랐다. 이 집 전체가 자기네 것이라는 뜻이니까. 우리를 맞아 주신 분은 그 애 할머니셨다.

"네가 소영이구나. 받아쓰기를 잘한다며?"

그런 말씀을 들었다. 집이 너무 넓어서 눈을 어디에 두어야 할지 몰랐다. 그러는 중에도 두리번거리는 모습을 보이기는 싫어서 그 애 발끝만 보며 방으로 따라 들어갔다. 방에는 오로지 그 애만을 위한 침대와 책상이 있어서 나는 또 놀랐다. 그 사실을 들킬까 봐 아무 말이나 했다. 물론 들켰을 것이다. 그리고 곧 할머니가 간식을 '쟁반에 받쳐서' 가지고 오셨다. 예쁘게 깎인 과일, 과자, 유리잔에 담긴 주스. TV에서는 본 것도 같지만 실제로는 경험한 적도, 한번 상상해 본 적도 없는 상황이었다.

최선을 다해 의연하게 간식을 먹으려고 했는데 그럴 수가 없었다. 코피가 났기 때문이다. 원래도 걸핏하면 코피가 났는데 하필이면 그때 코피가 뚝뚝, 간식 쟁반 위로 떨어졌다. 그다음 기억은 정확하지 않다. 어떻게 수습했는지, 간식은 먹었는지, 끝까지 놀았는지 금방 나왔는지, 잘 생각나지 않는다. 다만 집에 가다 말고 길에 서서 울었던 것만은 기억난다. 이상한 일이지만 너무 창피했다. 눈물이 아니라 코피가.

그 뒤로 우리 집은 단칸방인 적도, 두 칸 방인 적도 있었

다. 그때 나는 잡지에 실린 잘 꾸민 집들을 보면서 '언젠가 이런 집에서 살게 된다면' 하고 상상하곤 했다. 상상만으로도 좋고, 상상만으로 그칠까 봐 지레 풀이 죽기도 했다.

지금 나는 아파트에 산다. 수도권 외곽의 작은 아파트이지만 나와 남편이 돈을 주고 산 집이고, 방도 세 개나 된다. 베란다도 있다. 거실에 소파가 있고, 커다란 책장도 여러 개 가지고 있다. 이따금 생각한다. 과거로 돌아가서 어린 나에게, 코피가 창피해 울던 나에게, 어른이 되면 이런 집에서 살 거라고 말해 주고 싶다. 그러면 어린 나는 그 말을 믿을까? 믿어 주면 좋겠다.

연말 TV 예능 프로그램 시상식에서 아버지들이 아이를 돌보는 리얼리티 쇼가 대상을 받았다고 한다. 출생률이 떨어지는 시대에 아이 돌보는 즐거움을 전파하는 것이 이 쇼가 상을 받은 이유인지도 모르겠다. 그런데 나는 이 쇼를 보지 않는다. 육아가 거의 전적으로 어머니에게 떠맡겨지는 현실에서 아버지가 아이를 돌본다는 이유만으로 대중의 관심을 받는 게 불편하다는 것도 하나의 이유다. 그런데 그보다 큰 이유는 거기 나오는 집들이 너무 크다는 것이다.

어린이들도 이 쇼를 본다. '세트장'이 아닌, 유명 연예인의 실제 집과 거기 살고 있는 다른 어린이를 본다. 대수롭지 않게 보아 넘기는 어린이도 있을 것이다. 그러나 어떤 어린이에게는 그 집이 꿈속의 것처럼 크게 보일 것이다. 그 어린이는 어떤 상황에서 TV를 보고 있을까? 누구와 볼까? 부모와 함께 볼까? 혼자 볼까? 무엇을 하면서 볼까? TV가 놓인 곳은 어디일까? 그 어린이는 화면 속 아이를 부러워할까? 자기 현실과 너무 먼 일이라 아무 상관이 없을까? 만일 상관이 없다고 한다면, 정말 아무 상관이 없을까? 그런 생각에 화면을 똑바로 볼 수가 없다.

어떤 어린이는 여전히 TV로 세상을 배운다. 주로 외로운 어린이들이 그럴 것이다. 어린이도 볼 수 있는 프로그램이라면, 가장 외로운 어린이를 기준으로 만들어지면 좋겠다. 성실하고 착한 사람들이 이기는 모습을, 함께 노는 즐거움을, 다양한 가족의 자연스러운 모습을, 가족이 아니어도 튼튼한 관계를, 강아지와 고양이를, 세상의 호의를 보여 주면 좋겠다. 세상이 멋진 집이라고 어린이를 안심시키면 좋겠다.

나도 TV가 환상을 판다는 것을 안다. 그런데 화려한 것을 보여 줘야 한다면 차라리 세계의 아름다운 풍경을 보여 주면 좋겠다. 어느 집 넓은 거실보다는 그쪽이 더 좋은 환상 아닐까.

*

"아니, 선생님이 어렸을 때는 네 식구가 방이 한 개인 집에서 살았어. 나중에는 혼자서 방이 한 개인 집에서 산 적도 있고. 그런 건 상황에 따라 달라지는 거야. 글도 비슷해. 한 단락으로 쓰더라도 내용이 잘 정리되면 좋은 글이 돼."

짐짓 아무 일 아닌 것처럼, 나는 이렇게 설명했다. 그런 다음 주제를 설명하고 글쓰기를 시작하게 했다. 칠판에 그린 집 그림을 지우고, 뒷짐을 딱 지고, 어린이들 주변을 한 바퀴 돌았다. 나의 한 부분이 이제야 어른이 된 것 같았다.

한 지붕 아래 사는 친구

****

수업 중에 '성선설', '성악설' 이야기가 나왔을 때였다. 6학년 어린이들은 아주 흥미롭다는 듯이 내 말에 귀를 기울였다. 양쪽 입장을 다 들은 뒤에 은빈이가 입장 발표를 하듯이 결연한 목소리로 말했다.

"제 생각에는 성악설이 맞는 것 같아요."

"왜?"

"이은지 태어났을 때부터 제가 봤잖아요. 걔는 아주 어렸을 때부터 저를 괴롭혔거든요."

은지는 은빈이의 세 살 터울 지는 동생이다. 에너지가 넘치고 장난을 좋아하는 은지는 오며 가며 나와 마주칠 때마다 소리 높여 인사하는 귀여운 어린이다. 하지만 은빈이는 은지 때문에 분통 터질 때가 많다. 뭘 하든 은지가 훼방을 놓는다는 것이다. 책을 읽을 때면 옆에서 시끄럽게 하고, 친구들이랑 놀 때도 끼워 달라고 조르기 일쑤란다. 은빈이 그림 위에 주스를 쏟거나 공책을 찢을 때도 있다. 실수로 그랬겠지, 하고 내가 슬쩍 은지 변호를 해 보지만 은빈이에게는 통하지 않는다. "동생도 크면 나아지겠지"라는 말로 은빈이를 위로하기가 몇 년째인데, 은빈이에게 은지는 아직도 덜 큰 모양이다.

'성악설'에 마음이 기우는 어린이가 은빈이뿐일까. 동생에 대해 말해 보라고 하면 억울한 사연 없는 언니, 오빠, 누나, 형이 없을 것이다. 그래서인지 동화책이나 그림책 중에는 동생 때문에 속상한 아이를 달래는 이야기가 많다. 그런 작품들에서 동생은 너무 얄밉고 골치 아픈 존재로 그려진다. 주인공은 동생이 사라졌으면 좋겠다고 하고 실제로 사라질 때도 있다. 그래도 결말에서는 동생이 '소중한 존재'라는 걸 확인한다. 이런 이야기들은 어쩌면 어른들이 언니, 오빠, 누나, 형의 입장을 헤아리고 있다는 신호를 보내는 건지도 모르겠다. 자신도 어린이인데 더 어린 동생을 받아들이고 이해해야 하는 언니들을 안쓰러워하는 마음도 담겨 있을 것이다.

그런데 동생들은 할 말이 없을까?

보통 자매, 형제간에 다툼이 생기면 어른들은 언니, 형에게는 "참아라" "양보해라"라고 하고, 동생에게는 "오빠(혹은 누나) 말 잘 들어라"라고 한다. 아마도 나이가 더 많은 쪽은 관용을 베풀기를, 어린 쪽은 잘 따르기를 바라는 마음에서 그렇게 말할 것이다. 형에게 동생 말을 잘 들으라고 하거나, 동생에게 언니가 잘못해도 참으라고 하는 경우는 거의 없다. 이렇게 아이들 사이의 서열을 정리하는 것은 가족 내 질서를 유지하는 유용한 방법이다.

문제는 이 서열 정하기가 민주적인 것은 아닌 관계로, 언니는 할 말 못 해 억울하고 동생은 영원한 이인자의 설움을 안고 살게 된다는 것이다. '동생'의 한 사람으로서 문제를 제기하자면 특히 언니에게 하는 "참아라"가 마음에 걸린다. 마치 동생이 잘못한 건 맞지만 그래도 언니가 참으라는 말 같아서다.

나에게는 다섯 살 많은 언니가 있다. 내가 초등학교에 입학했을 때 언니는 졸업반이었다는 뜻이다. 학교에 갈 시간이면 엄마는 우리를 나란히 출발시키며 언니더러 나를 잘 데리고 가라고 했다. 그런데 언니는 등굣길에 친구들을 만

나면 나더러 앞으로 가라고 했다. 나는 당연히 언니 옆에서 걷고 싶었다. 언니는 친구들과 걷고 싶고, 아마도 마음 같아서는 나를 떼 놓고 가고 싶었겠지만 엄마 말씀은 들어야 하니까 앞으로 보내는 것이다. 그래 놓고 언니와 친구들은 나에게 들리지 않게 자기들끼리만 속닥거렸다. 그게 얼마나 원통했는지 수십 년이 지난 지금도 생생하게 기억이 난다. 언니에게는 동생이 귀찮았던 순간으로 기억되겠지 싶었는데 나중에 들어 보니 언니는 아예 생각도 안 난다고 했다. 그 점이 더욱 원통했다.

5년은 어린이의 발달 단계에 어마어마하게 큰 차이를 만든다. 뭘 해도 언니가 더 잘할 가능성이 높다는 말이다. 게다가 우리 언니는 워낙에 손이 야무져서 만들고 그리는 건 무엇이든 잘했고, 나는 그쪽에는 영 소질이 없었다. 만들기 숙제를 할 때마다 언니 손을 빌리는 게 자존심 상했지만, 혼자 힘으로는 도무지 해결되지 않아 별수 없었다. 그럴 때 옆에서 얼쩡거리면 거치적거린다고 혼나고, 그러다 물도 쏟고 종이도 찢고 하는 것이다. 그런데도 어른들이 언니에게는 참으라고 하고, 나에게는 말 잘 들으라고 하니 이만저만 속상한 게 아니었다. 나는 정말이지 은지가 너무나 이해가 간다. 은빈이는 너무한다!

그런데 얼마 전 하윤이 어머니로부터 재미있는 이야기를 들었다. 역시 '동생'인 하윤이 어머니는 그런 식의 서열 정하기가 마땅치 않아서 하윤이와 형이 다투면 반드시 잘잘못을 가린다고 하셨다. 문제는 형제의 다툼이라는 게 명확히 한쪽만의 잘못인 경우가 별로 없고, 또 너무 자주 발생하다 보니 결국 다툰 것 자체를 가지고 야단칠 때가 많아졌단다. 그래서 벽 보고 서 있으라고 하면, 그렇게 선 채로 또 싸워서 고민하던 차에 친구에게서 좋은 아이디어를 얻으셨단다.

"둘이 싸운 다음에 서로 안아 주게 하는 거예요. 그러면 아주 질겁을 하죠. 그냥 벽 보고 서 있겠다고도 하고요. 그래도 제가 엄청 진지하게 '빨리. 뭐 해? 빨리 안아'라고 하면 마지못해 안아요. 있는 대로 인상을 쓰고 끌어안는데 그러다가 누가 먼저랄 것도 없이 킥킥 웃고 끝나요."

자매, 형제의 정이란 참 알 수 없는 방식으로 쌓이는 모양이다. 싫어하면서도 껴안고, 껴안으면 웃음이 나고, 그렇다고 다 풀리는 건 아니고, 그래서 늘 할 말이 남아 있는 사이. 어린이에게 자매, 형제는 부모라는 절대적인 조건을, 지붕을 공유하는 동지다. 인생의 초기 단계에서 만나 평생을 알고 지내는 친구이기도 하다. 각자 서투른 채로, 서로의 사회화에 큰 영향을 끼치는 것도 바로 자매, 형제다. 그러니 다투기도 화해하기도 일생일대의 과제가 되는 것 아닐까.

그러고 보면 은빈이도 어머니에게 "이은지는 저렇게 책 안 읽어서 어떡해. 독서교실에 빈자리 없냐고 선생님한테 좀 물어봐" 하더란다. 아람이는 동생이 "점점 힘도 세지는데 말도 안 들어서" 걱정이라더니, 한 번씩 동생네 교실 앞에 가서 어떻게 하고 있나 살펴본다고 한다. 눈썰매장에서 찍어 온 동생 사진을 내게 보여 주며 "귀엽긴 귀엽죠" 하기도 했다.

코로나19로 어린이들이 유례없이 긴 겨울방학을 보내는 동안, 꼼짝없이 집 안에 붙어 있을 자매, 형제, 남매 들은 어떻게 하고 있을지 종종 궁금했다. SNS에서 내복 바람인 언니, 누나, 형, 동생이 어울려 그림을 그리고 TV를 보고 사부작대는 모습들을 보았다. 은빈이도 하윤이도 아람이도 떠올라 슬며시 웃음이 났다.

나는 사춘기를 지나 5년을 따라잡을 수 있게 되었을 무렵, 언니와 데면데면한 사이가 되었다. 가진 재주도 취향도 너무 달라 공통의 화제가 없는 데다, 옷 입는 스타일마저 서로 달라서 다툴 일조차 없었다. 언니는 의상학과로 진학했다가 한지 공예 작가가 되었다. 나는 국문학과를 선택했고 출판사에서 일하다가 독서 선생님이 되었다. 그렇게만 보면 교차로가 하나도 없는 길이었다.

우리가 조금씩 가까워진 건 언니가 결혼하고 조카들이 태어난 뒤의 일이다. 아니, 좀 더 솔직하게 말하면 내 결혼을 준비하면서였다. 언니는 내가 결혼할 때 혼자서 친정 역할을 다 해 주었다. 친척들에게 연락하고 잔치를 준비하는 일부터 시댁에 이것저것 챙기는 것까지, 나는 언니 손을 빌렸다. 어렸을 때처럼 별수 없었고, 어렸을 때와 다르게 조금도 자존심이 상하지 않았다. 어른이 되었으니 이제 5년 차이는 예전만큼 크지 않다고 생각했는데, 아닌 모양이었다. 지붕 아래 나는 혼자 있지 않았다. 언니한테 미안하고 고마워서 그때 나는 여러 날 잠을 설쳤다.

며칠 전에는 언니가 택배로 보낸 커다란 상자를 받았다. 총각무 김치를 담갔다더니 뭘 이렇게 많이 보냈나 하고 열어 보았다. 안에는 김치뿐 아니라 각종 채소가 가득했다. 형부가 하는 채소 가게에서 이것저것 담아 보낸 것이다. 대파는 나무처럼 굵고 튼튼했고, 애호박이며 가지도 마치 여름의 것처럼 크고 싱싱했다. 내가 집 앞 마트에서 산 것들보다 두 배는 더 좋아 보였다. 남편이 채소들을 정리하면서 "와, 아주 최상품만 골라서 보내셨네요" 했다.

다음 날 나는 언니가 보낸 근대를 넣어 된장국을 끓였다. 뭐, 이 시국에 뭐, 동생이 굶어 죽기라도 할 줄 알았나, 혼자 입을 비죽였다. 그러자 나도 모르게 눈물이 쏟아졌다. 이 글을 쓰는데도 눈앞이 그만 뿌예진다. 아니, 원래 하려던 말은 이런 게 아닌데. 동생들도 억울하다는 거랑, 그러니까 자매, 형제 어린이들 사이좋게 지내게 도와 주자는 말을 쓰려던 건데 왜 눈물이 나지. 이번 글은 아무래도 잘못 쓴 것 같다.

마음속의 선생님

****

    내 인생 최초의 미스터리는 초등학교 1학년 때 담임 선생님이 하신 말씀이었다. 아마도 종례 시간이었을 것이다. 선생님은 집에 가서 부모님 말씀 잘 들어라 하는 내용의 당부를 하신 뒤 이렇게 덧붙이셨다.

    "선생님은 여러분 마음속에 있어서 다 알고 있어요."

    나는 커다란 의문에 휩싸였다. 선생님이 어떻게 내 마음속에 들어오는 거지? 나는 '마음속'을 당연히 어떤 공간이라고 생각했다. 그리고 마음은 내 것이니까, 마음속은 아마도 내 몸 안 어딘가에 있을 것이다. 그런데 선생님이 어떻게 들어오셨다는 걸까? 나는 문을 열어 드린 적도 없는데. 문은 있나? 그보다도 선생님은 지금 저 앞에 계시는데, 동시에 내 마음속에도 있을 수가 있나? 도무지 감조차 잡히지 않았다.

그러나 선생님 말씀을 의심하지는 않았다. 어쨌든 선생님이 그렇게 말씀하셨으니 계시긴 계시겠지. 나는 밥을 먹을 때 내가 삼키는 음식물이 선생님이 계신 '마음속'으로 들어가면 어쩌하나 걱정했다. 운동장 한구석 평균대 위에서 놀다가 균형을 잃고 한쪽으로 넘어질 때 '앗, 선생님 어떡하지?' 하고 놀랐다. 뛰어다니다가도 문득 마음속의 선생님이 생각나서 조심조심 걸었다. 혹시라도 선생님이 떨어지거나 다치실까 봐. 그러다 어느 날 더 큰 의문이 들었다. 가만, 우리 반 아이들이 몇 명인데, 어떻게 동시에? 여러 사람 마음속을 들락날락하시는 건가? 선생님께 여쭤보고 싶기도 했지만 그럴 수 없었다. 나 혼자 간직하고 있는 것이기는 해도 우리 사이에는 이미 큰 오해가 있었기 때문이다.

나는 선생님을 좋아했다. 파마를 한 짧은 머리도 세련되어 보였고, 앞에 리본이 달린 블라우스도 예뻤다. 선생님한테서 나는 은은한 향기도 좋았다. 선생님이 칠판에 글자를 쓸 때 나는 소리도 좋았지만 그 글씨가 너무나 반듯하고 크기가 고른 것이 감탄스러웠다. 무엇보다도 선생님이 모든 걸 알고 계시는 게 멋있었다. 선생님은 학교 구석구석을, 우리가 해야 될 일을, 배워야 할 내용을 모두 알고 계셨다. 나는 선생님한테 잘 보이고 싶었다. 그렇지 않아도 '모범생'이 되는 것을 지상 최대 목표로 생각하는 어린이였던 나는 선생님 말씀을 잘 듣는 거라면 정말 자신이 있었다.

그런데 어느 수업 시간, 책상에서 지우개가 굴러 떨어지는 바람에 모든 게 틀어진 것이다. 허리를 숙여 찾았지만 지우개는 감쪽같이 사라지고 없었다. 떨어지는 쪽을 내가 분명히 봤는데, 책상 다리와 의자 다리, 내 다리, 짝꿍 다리만 보일 뿐이었다. 손으로 여기저기 더듬는데도 잡히지 않았다. 그때 선생님이 내 이름을 부르셨다.

"소영이, 수업 시간에 떠들면 안 되지!"

수업 시간에 불명예스럽게 호명된 것 자체가 큰 타격이었다. 그리고 지우개를 주우려던 것인데, 아무 소리도 나지 않았는데, '떠들었다'는 지적을 받은 것이 너무나 억울했다. 항변을 하면 진짜로 떠드는 게 될까 봐 가만히 있었지만 너무 속상해서 눈물이 났다. 쉬는 시간에 선생님 자리로 가서 자초지종을 설명해 드릴까 생각도 해 봤지만, 용기가 안 났다. 그런 선생님이 심지어 내 '마음속'에 계신다니 이만저만 곤란한 게 아니었다. 그저 조심조심 걷고 조심조심 먹으면서 언젠가 선생님과 오해가 풀리기만을 바랐다. 그 선생님과 이후의 관계가 어땠는지는 잊었지만, 아직도 '마음속에 있다'는 표현을 들으면 그때 생각이 난다.

나는 초등학교 3학년 때 전학을 했다. 새 학교에서도 역시 '착한 어린이'가 되기 위해 부단히 애썼고 공부도 열심히 했다. 담임 선생님은 아마도 내 노력을 인정하신 것 같았다. 가을 운동회 때 반에서 한두 명을 뽑아 강강술래 공연을 준비했는데, 우리 반에서는 내가 뽑힌 것이다. 연습을 하기 위해 수업 시간에 복도로 나갈 때는 자랑스럽고 기뻤지만, 그 기분은 오래가지 않았다. 일단 공연이 생각보다 어려웠다. 선생님의 신호에 맞추어서 아이들의 맞잡은 손 아래를 통과해 원에서 빠져나가는 식이었던 것으로 기억한다. 처음 해 보는 것이니 이해가 되지 않아 아이들은 모두 우왕좌왕했다. 게다가 나는 누구와 누구 사이로 나가라는 것인지 너무 헷갈렸다. 거기 있는 아이들 중 얼굴을 아는 아이가 아무도 없었던 것이다. 우리 반 아이들 얼굴도 겨우 익혔을 뿐이니까.

아이들이 헤매는 것이 답답했는지 내내 짜증 섞인 목소리로 야단치며 지도하던 옆 반 선생님이 갑자기 "이리로 오라고!"하며 내 어깨를 잡아끌었다. 나는 복도에 거의 내동댕이쳐졌다. 그때 복도의 차디찬 느낌과 눈물로 어룽어룽해진 시야에 들어온 아이들의 무릎께가 아직도 기억에 선명하다.

당시 선생님들은 종종 감정적인 언사로 아이들에게 상처를 주셨다. 물론 서운하고 억울한 순간이 오히려 '특별한 기억'으로 남아 있을 만큼, 더 많은 선생님이 대부분의 시간을 다정하고 자상하게 채워 주셨다는 것을 안다. 그래도 나에게 '초등학교 선생님'은 여전히 조금은 어렵고, 때로는 무서운 어른으로 기억되어 있었다. 진로를 '교사'로 정하는 친구들을 보면 어린이를 사랑하는 마음이 대단하구나 하면서도 한편으로는 그들 자신이 흠잡을 데 없는 사람들, 완벽하거나 완벽을 추구하는 사람들, 엄격한 사람들이라고 생각하곤 했다.

그래서 처음으로 초등학교 선생님들 모임에 초대되어 강연을 할 때 나는 무척 긴장이 되었다. 일단은 이미 아는 것이 그렇게나 많은 선생님들이 정말로 내 책까지 읽으셨을까 하는 의문이 들었다. 다 아는 얘기를, 혹은 틀린 얘기를, 미심쩍은 얘기를 썼다고 비판하지는 않으실까? 자료도 꼼꼼하게 챙기고, 옷차림도 특별히 단정하게 해서 선생님들을 뵈었다. 도착하면 교무실로 오라는 문자 메시지를 받고도 마치 뭘 잘못해서 불려 가는 기분이 들어서 나 자신이 우스울 지경이었다.

그런데 선생님들은 누구보다 진지하게 내 이야기에 귀를 기울이는 분들이었다. 사실대로 말하면, 너무…… 귀여우셨다. 나는 강연 때 주의를 집중시키거나 환기하기 위해 질문을 던지기는 하지만, 들으시는 분들이 부담을 갖지 않도록 일부러 재빨리 내가 답을 말하곤 한다. 그런데 선생님들한테는 그게 안 통했다. 아무리 간단한 질문에도 답을 하려고 애쓰시고, 내가 먼저 답을 하면 엄청나게 안타까운 표정을 지으셨다. "아, 맞힐 수 있었는데!" 하는 식이었다. 사소한 농담에도 와하하하 소리 내어 웃으셨다. 야심차게 준비한 자료를 보여 드리면 "와아!" 하고 감탄하셨다. 강연이 끝나고 책에 사인을 받으실 때도, 어느 부분이 어땠는지 한마디라도 더 자신의 이야기를 해 주시려고 했다. 그 뒤에 만난 선생님들도 하나같이 그런 모습이었다. 그렇다. 꼭 어린이들 같다.

강연이나 공부 모임, 그 밖의 자리에서 선생님들을 뵐 기회가 종종 있다. 그때마다 놀라는 것은 선생님들이 계속 공부를 하신다는 사실이다. 교과 수업에 대해서, 어린이책에 대해서, 교수법에 대해서, 세상에 대해서. 그런 점에서는 내가 생각한 '완벽을 추구하는 사람들'이라는 선입견이 어쩌면 맞는지도 모른다. 더 중요한 건 이분들이 '배운다는 것'이 무엇인지 아실 거라는 점이다. 어린이를 가르치는 데 이

보다 중요한 조건이 있을까? 선생님들이 내 이야기를 들어주시는 것은 내가 특별한 사례를 발표하거나 엄청난 이론을 제시해서가 아니다. 무엇이든 어린이들에게 도움이 되는 게 있다면 하나도 놓치지 않겠다는 마음과 의지 덕분이다.

선생님은 어린이들이 가장 일상적으로 만나는 전문가이고, 때로는 유일하게 만나는 지식인이다. 어떤 어린이에게는 자기가 아는 가장 친절한 사람이기도 할 것이다. 그렇지만 선생님들은 밀려드는 크고 작은 업무 때문에 어떤 부분에는 소홀할 수 있다. 어린이와 밀착한 생활을 하는 만큼 사적으로 감수할 일이 많으니, 때로는 냉정한 모습을 보일 수도 있다. 아니면 그저 개인적인 한계로 어린이나 보호자를 실망시킬 때도 있을 것이다. 그럴 때 우리는 선생님들의 실수에 너무 엄혹한 것이 아닐까? 한 명의 노동자이기도 한 '교사'에게 '스승'의 모습만을 요구하는 것 아닐까? 특히나 특수학교 선생님들에 대해서는 그 길에 들어선 것 자체를 '헌신에 대한 약속'으로 여기고 그분들의 희생을 당연하게 여기는 것은 아닐까?

나는 마음이 넓은 사람이 아니어서 선생님들이 나를 오해했거나 아프게 한 순간들을 기억하고 있다. 그런데 참 이상하게도 그런 선생님들의 얼굴은 그저 뿌옇게만 남아 있다.

반대로 또렷이 기억나는 것도 있다. "소영이는 인사할 때 웃는 얼굴이어서 소영이 인사를 받으면 기분이 좋아져"라고 하신 선생님의 웃는 얼굴, 무슨 일이 있어도 아침밥은 꼭 먹고 다녀야 한다고 근엄한 얼굴로 말씀하시던 선생님의 다정한 눈동자, 우리 모둠에서 제일 냄새가 많이 나던 아이 옆에서 아무렇지도 않은 얼굴로 도시락을 드시던 선생님의 모습, 전학생인 나를 숨이 막히도록 꽉 끌어안으며 "나는 새로운 아이가 너무 좋아"라고 환영해 주신 선생님의 목소리만은 어제의 것처럼 생생하게 기억한다.

어른 김소영이라면 그러지 못했을 텐데, 어린이 김소영은 선생님의 사소한 실수들을 쉽게 용서한 것 같다. 아마 내가 자라느라 바빠서 서운한 순간들은 되도록 흘려보낸 모양이다. 대신에 선생님들에게 배운 것, 좋은 느낌, 행복한 감정은 모두 남아서 나 자신의 일부가 되었다. 첫 직장에 처음으로 출근하던 아침, 나는 웃는 얼굴로 인사하면 환영받으리라 믿고 등을 쭉 폈다. 오래도록 가시지 않는 슬픔 때문에 울면서 깨어난 아침에도 억지로 밥을 먹고 기운을 차렸다. 모르는 척하는 것도, 지나치게 표현하는 것도 모두 사랑의 모습이라는 것을 안다. 나는 이제야 선생님이 내 '마음속'에 계시다는 말씀을 조금 이해한다.

해마다 스승의 날이면 "나라를 대표해서 감사드립니다!"라고 쩌렁쩌렁 외치고 싶다. 온라인 개학이라는 초유의 사태를 겪은 올해는 특히 그렇다. 몸과 마음이 지쳐 가는 중에도 "아이들 보고 싶다" "아이들 목소리 들으니까 눈물 난다"고 호소하던 선생님들께, 어느 때보다 큰 소리로 감사를 드리고 싶다. 선생님들의 날을 축하드리며, 어린이들이 보내는 사랑이 선생님들의 마음속 구석구석 스며들기를 빈다. 이 작은 글을 사랑하고 존경하는 선생님들께 바치고 싶다.

어린이의 편식, 어른의 편식

****

캠프가 있다는 사실을 알았다면 그렇게 졸라 대지 않았을 텐데. 걸스카우트 여름 캠프 내내 그런 생각을 했다. 나는 그냥 멋진 단복을 입고 싶었을 뿐이다. 모자도 배지도 근사해 보였다. 모임에 가서 뭘 배우고 봉사 활동도 하는 건 알았지만, 캠프는 생각하지 못했다. 나는 소풍도 운동회도 좋아하지 않았다. 뙤약볕에 땀 흘리는 게 싫고, 돗자리를 깔아도 바닥이 울퉁불퉁한 게 싫고, 가방에서 음식 냄새가 나는 게 싫고, 음식이 남아서 싫고, 도시락 뚜껑이 잘 닫히지 않아서 가방 속이 결국 엉망이 되는 게 싫었다. 게다가 야무지지 못한 나는 야외 활동이 있는 날이면 소지품을 잃어버리는 일도 잦았다. 사이다를 다 마시지 못해 손에 들고 쩔쩔매다가 다른 손에 있던 손수건을 잃어버리는 식이었다. 그런데 캠프, 그것도 2박 3일이라니.

초등학교 4학년, 처음으로 집을 떠나 혼자 생활하는 일의 어려운 점에 순위를 매기자면 '부모님 보고 싶다'는 5위 안에 들지도 못했다. 캠핑장으로 빌린 폐교 교실 바닥의 냉기, 컴컴해서 무서운 운동장, 각종 벌레들, 모르는 언니나 오빠들이 이래라저래라 하는 것이 괴로웠다. 캠프의 싫은 점 1위는 카레가 차지했다. 카레가 캠핑의 단골 메뉴라는 건 나중에 알았다. 나는 카레를 못 먹는 어린이였다. 캠프의 규율이 엄격해서 주는 대로 먹어야 하는 줄만 알았기 때문에 배식줄에 서 있던 내내 눈앞이 캄캄했다. 다행히 선생님께 사정을 말씀드려서 카레를 받지 않을 수 있었다. 대신 내 식판에는 맨밥과 단무지뿐이었다. 단복이고 배지고 다 무상했다.

나는 편식이 심한 편은 아니었다. 오히려 '어린이가 이런 것도 먹느냐'며 어른들의 칭찬을 듣는 쪽이었다. 내가 맛있어서 먹는데 왜 칭찬을 하는 건지 그때는 잘 이해하지 못했다. 초등학교 1학년 때 좋아하는 음식에 순댓국을 써냈더니 담임 선생님이 큰 소리로 웃으셨다. 나는 육류, 해물, 채소를 가리지 않았다. 해삼이나 생굴도 초장에 찍어 맛있게 먹었고, 나물 반찬도 가리지 않고 좋아했다.

그런데 카레는 색깔, 형태 면에서나 냄새 면에서나 도저히 음식이라는 사실이 받아들여지지 않았다(자세히 설명하고 싶지는 않다). 마요네즈와 케첩도 못 먹었다. 동네 분식집에서 핫도그를 사 먹을 때면 주문하면서부터 케첩은 묻히지 말아 달라고 하고, 내 손에 핫도그가 쥐어질 때까지 아저씨가 무심결에 케첩을 묻혀 버릴까 봐 조마조마해하며 기다렸다. 또 버섯을 못 먹었는데 다행히 다른 가족들도 별로 좋아하지 않아서였는지 먹을 일이 거의 없었다. 가장 곤란한 것은 당근이었다. 나는 당근에서 너무나 명백한 흙냄새를 맡았다. 외면할 수가 없는 사실이었다. 문제는 당근은 요리의 주재료가 아니기 때문에 오히려 피하기 어렵다는 점이었다. 볶음밥이나 김밥에 들어간 당근을 골라냈다가는 야단맞을게 뻔했다. 카레나 버섯만큼 싫어하지는 않지만, 일상적으로 먹어야 된다는 점에서는 당근이 제일 미웠다.

그래서 '음식 알레르기'라는 것이 있다는 걸 처음 알았을 때 혹시 나에게 당근 알레르기가 있는 건 아닐까 희망을 가져 보았다. 알레르기가 있으면 두드러기가 나거나 목이 부어오른다고 하던데, 당근을 삼킬 때 목구멍으로 넘어가는 쓴맛이 알레르기 증상은 아닐까? 정말 내게 알레르기가 있기는 했다. 그런데 당근이 아니라 고등어였다. 고등어를 먹으면 팔목에서 팔꿈치까지 좁쌀처럼 생긴 두드러기가 올라왔다. 생선을 그렇게 좋아하는데 하필 고등어 알레르기라니! 억울한 노릇이었다.

오늘의 나는 스트레스를 받으면 맨 먼저 카레를 떠올리는 어른이다. 주방에는 오뚜기 3분 카레 매운맛이 상비되어 있다. 내가 직접 카레를 만들기도 한다. 큼직하게 썬 감자와 양파와 '당근'을 넉넉하게 넣고 한 냄비 가득 카레를 끓여서 며칠을 두고 먹는다. 재료를 크게 써는 것은 당근을 골라내서 남편에게 넘기기 위해서다. 하지만 어쩌다 한두 조각은 그냥 먹을 수도 있다. 그리고 인도 음식점에서 정통 '커리'도 잘 사 먹는다. 시금치 커리는 처음 손을 뻗을 때 약간의 용기가 필요했지만, 한 번 맛을 본 뒤로는 좋아하게 되었다. 마요네즈도 케첩도 물론 잘 먹는다.

심지어 버섯은 어렸을 때 안 먹은 것을 만회하려는 사람처럼 탐욕스럽게 먹는다. 새송이버섯, 팽이버섯, 느타리버섯, 표고버섯, 양송이버섯, 목이버섯을 가리지 않는다. 마트에 처음 보는 버섯이 있으면 조금 비싸도 사서 먹어 본다. 어린이 김소영에게 누군가 "나는 미래에서 왔고 너는 나중에 버섯을 모아 전골을 끓여 먹는 어른이 될 거야"라고 말해준다면 하루하루를 절망에 빠져 살겠지? 그 생각을 하면 사람의 식성이라는 것이 이렇게 변할 수 있다는 게 신기하다. 이렇게 쓰고 보니 내가 어린이들에게 "지금은 안 먹어도 나중엔 먹게 된다"고 말하는 것도 협박처럼 들릴지 모르겠다. 앞으로는 그런 말을 안 해야겠다.

지운이는 깻잎을 싫어한다(내가 당근에 대해 그랬던 것처럼, 지운이도 혹시 깻잎 알레르기가 아닐까 기대하고 있다. 먹을 때 입 안이 까칠까칠하다고). 현성이는 과일주스를 못 먹는다. 코코아는 좋아하는 걸로 봐선 과일주스의 신맛과 단맛이 괴로운 모양이다. 아람이는 치즈가 문제다. 먹을 수는 있는데 숨을 참고 먹어야 된단다. 장차 요리사가 꿈인 하윤이가 오이와 참외를 싫어한다고 해서 "그럼 어떡해?" 하고 놀랐더니 "오이랑 참외는 요리를 안 하면 되죠!" 하고 시원하게 대답했다.

나는 어린이들이 못 먹거나 안 먹는 음식에 대해 들은 다음에 꼭 이런 말을 덧붙인다.

"어른 되면 좋은 점이 되게 많은데 그중의 하나는 김밥 먹을 때 당근을 빼도 엄마한테 안 혼나는 거야. 사 먹을 때는 아예 빼서 만들어 달라고 할 수도 있고."

그러면 부럽다는 어린이도 있고 "아니, 당근이 왜 싫어요? 얼마나 맛있는데요" 하고 훈계하는 어린이도 있다. 분명히 자기들이 듣는 말이겠지 싶어서 잠자코 들어 준다.

나는 어떻게 어린 시절 그토록 강렬하게 거부했던 음식들을 먹게 된 걸까? 어른이 되면서 미뢰에 변화가 생긴 덕분이기도 할 것이다. 더불어 내가 먹는 음식을 온전히 내가 선택하고, 다양한 요리를 맛보고, 또 직접 해 보기도 하면서 미각에도 변화가 생긴 것은 아닐까 생각해 본다. 나는 요리하는 게 대체로 좋다. 나의 컨디션과 주방 상황에 따라 메뉴를 결정하고, 대강의 순서를 잡고, 순발력과 융통성을 발휘해서 적당한 음식을 만드는 과정이 좋다. 맛을 보장하는 건 아니지만 적어도 내 입맛에는 맞게 만들 수 있으니 만족한다. 음식을 친구들과 나누는 건 더 좋다. 어릴 때와 달리, 누구와 무엇을 먹을지 스스로 정할 수 있다는 게 먹는 즐거움의 영역을 많이 넓혀 준 듯하다.

전에는 집에 손님이 오면 당연히 고기 요리를 대접했다. 하지만 요즘은 미리 '안 먹는 음식이 있는지'를 확인한다. 적지 않은 친구들이 '편식'을 하고 있기 때문이다.

얼마 전에는 붉은 육류를 먹지 않기로 결심한 친구가 놀러 왔다. 마침 우리 동네에 맛있는 초밥집이 있어서 포장을 해 와 나누어 먹었다. 채소구이와 바지락술찜을 곁들여 와인도 마셨다. 좀 더 본격적으로 비거니즘을 실천하고 있는 친구네 집에서 모임을 할 때는 각자 비건 요리로 도시락을 가져가기로 했다. 나는 두부 스크램블과 꽈리고추조림을, 다른 친구는 채소 잡채를 준비해 갔다. 집주인은 '템페' 샐러드를 해 주었다. 템페는 고소하고 조금 쿰쿰한 냄새가 나는 과자 같은 음식이었다. 친구는 그게 인도네시아의 콩 발효 식품이라고 설명했다. 비건 음식을 찾아 먹으면서 새로운 맛을 발견하는 게 큰 기쁨이라고, 친구는 덧붙였다.

친구들과 비교할 정도는 아니지만 사실 나도 채식의 비중을 늘리는 쪽으로 편식을 하고 있다. 고기 요리 사진이나 고기가 먹고 싶다는 말 등을 SNS에 쓰지 않는 것으로 시작했다. 하루 한 끼라도 완전 채식을 하려고 노력하다 보니 자연스럽게 외식이나 매식이 줄었다. 육식보다 채식은 재료 관리며 요리에 손이 많이 간다. 대신에 제철 채소를 챙겨 먹는 즐거움이 크다. 캠핑이라면 여전히 질색이고, 손이 야무지지 못한 것도 어릴 때와 같지만 그 정도는 할 수 있다. 이래 봬도 내가 걸스카우트 출신이다.

값싸고 싱싱하고 맛있는 채소가 많이 나오는 여름을 앞두고 새삼스레 결심한다. 올여름에는 어느 때보다 더 많은 채소를 편식할 것이다. 당근만 빼고.

선배님 말씀

****

내가 피아노 학원에 등록했다고 하자 시연이가 눈이 커다래져서 이렇게 물었다.

"스스로요?"

누가 등 떠밀어서 간 거 아니고, 제 발로 걸어갔느냐는 뜻이다. 물론 그렇다고 했다.

"피아노 쳐 본 적은 있으세요?"

분위기를 보니 '뭔 줄은 알고 하는 거냐'는 눈치다. 마지막으로 쳐 본 게 언제일까 계산해 보니 대충 35년쯤 전이다. 열한 살 시연이 입장에서는 그렇다면 안 쳐 본 것이나 마찬가지일 테지만 사실대로 대답했다. 시연이 눈이 아까보다 더 커졌다.

"그런데 왜요?"

피아노 학원에 등록한 것은 글을 쓰기 위해서였다. 이렇게 쓰고 보니 마치 내가 피아노에 대한 글을 쓰려던 것 같은데, 언젠가 그런 날이 오면 좋겠지만 일단 그건 아니다.

그때 나는『말하기 독서법』원고의 개요를 잡고 작업 일정을 세운 참이었다. 독서교실 수업과 글쓰기를 나란히 하려니 '아이고, 당분간 큰일 났구나' 싶었다. 시간도 에너지도 넉넉하게 필요했다. 그중 시간은 차라리 어떻게 해 볼 여지가 있었다. 엄청난 결단이 필요하지만, 노는 시간을 줄이고 규칙적으로 자고 일어나면 될 것 같았다. 문제는 에너지, 생산적인 힘이었다. 글을 쓰다 막힐 때나 쓰기에 지쳤을 때 어떻게 창의성과 집중력을 유지할까.

나는 과감한 결정을 내렸다. 새로운 것을 배워 보기로 한 것이다. 일이나 글쓰기 말고 완전히 몰두할 무언가가 필요했다. 생활에 활력을 주는 것, 지금껏 배워 보지 못한 것, 읽고 쓰는 일과 전혀 관련이 없는 것. 피아노였다. 집 앞 피아노 학원 간판에 '성인 취미반'이라고 적힌 것을 눈여겨보았던 터였다. 동네 사람으로서 선생님과 안면도 있었다. 생각이 떠오르자마자 학원을 찾아가 상담을 신청했다.

피아노가 있는 공간은 독서교실보다 부드럽고 여유 있는 분위기였다. 선생님이 환영해 주셔서 나도 어린이가 된 듯했다. 시작하기 전부터 기분이 좋았다. 선생님은 웃으면서 피아노를 배우려는 목적이나 앞으로의 계획 등을 물으셨다.

"그런데 피아노는 배워 보셨어요?"

"네, 그게 초등학교 1학년 땐가 2학년 땐가……."

"(계속 웃음) 아, 안 배워 보셨구나."

나는 얼굴이 조금 화끈거렸다. 그래도 한편 '어른이 피아노를 배우러 오시다니 참 잘하셨어요' '피아노 배우면 얼마나 좋은데요' 하는 격려도 받고 싶어서 약간 우쭐거리며 물었다.

"그래도…… 그래도 육십 대에 시작하는 것보다는 사십 대에 시작하는 게 낫죠?"

그러자 선생님이 갑자기 정색하셨다.

"꼭 그런 건 아니에요. 육십 대 분들은 여기에만 집중하시거든요. 선생님도 글 쓰시면서 피아노 배운다는 게 멋있기는 하지만, 그냥 기분 전환으로 배운다고 생각하시면 늘지도 않고 재미도 없어요. '정말 열심히 하겠다!' 결심을 하셔야 해요. 어린이들은 부모님이 가라고도 해 주시고, '싫어도 해야 된다' 그런 마음으로 오기도 하고, 그러면서 늘고 그래요. 그런데 어른들은 막상 해 보면 생각보다 어렵고 힘들어서 두세 달 하고 그만두시는 경우가 많거든요. 그러면 저도 힘들고요. 선생님, 진짜 열심히 하실 수 있어요?"

선생님의 단호한 대답과 도발적인 질문을 듣는 순간, 내가 어느 정도는 겉멋으로 피아노를 배우러 왔다는 사실을 깨달았다. 하지만 동시에 '정말 열심히 하겠다!'는 결심도 생겨 버렸다. 피아노도 열심히 배우고, 글도 열심히 쓰겠다고. "네! 열심히 배울 거예요!" 하고 대답하자 갑자기 힘이 생기는 것 같았다. 그렇게 나의 피아노 레슨이 시작됐다. 의자에 앉는 법이나 손가락을 둥글게 만들어 건반에 올리는 법을 익히는 것부터 차근차근.

피아노를 배우는 즐거움, 어려움, 만족, 경이로움, 괴로움, 보람, 행복, 한탄, 후회, 다짐, 자책, 성취감, 놀라움, 기쁨, 설렘에 대해서는 내가 아직 말을 할 처지가 아니다. 다만 피아노를 배우면서 글을 쓰는 일이 훨씬 좋아졌다는 것은 적어 두고 싶다. 아침에 일찍 일어나서 글을 쓰다가 정해진 시간이면 자리를 털고 일어나 학원에 가서 레슨을 받거나('레슨을 받는다'는 표현도 꼭 써 보고 싶었다) 연습을 하고, 오후부터 저녁까지 독서교실 일을 하는 것이 그해 여름 나의 일과였다.

원고를 끝낸 다음에는 거의 날마다 학원에 가서 몇 시간이고 피아노를 쳤다. 내가 듣기에도 어찌나 못 치는지, 아래층 세탁소와 부동산 사장님께 너무 죄송스러웠다. 지금 온 동네에 이 소음을 일으키는 게 누구인지 들키지 않으려고 학원에 들어갈 때와 나올 때 다른 출입구를 이용하기도 했다. 겨울에는 털 실내화를 따로 챙겨 가서 곱아가는 손을 호호 불며 피아노를 쳤다. 그렇게 못 치는데도 너무, 좋았다. 하루 종일 피아노만 치고 싶었다. 아 참, 피아노를 배우는 마음에 대해서는 말할 처지가 아니라고 해 놓고…….

그런데 내가 피아노를 배우기 시작하자, 어린이들은 은근히 잔소리를 했다. 시연이는 생각날 때마다 한 번씩 피아노 학원 안 끊었느냐고(그만두지 않았냐고) 물어본다. 내가 '스스로' 피아노 학원에 다닌다는 것이 영 믿기지 않는 눈치다. 그 밖에도 악기를 배우는 어린이들이 저마다 해 준 조언은 이랬다.

"남들 하는 거 멋있어 보여서 하는 거면, 큰 기대는 안 하시는 게 좋아요."

"분명히 지루해질 테니까 마음을 굳게 먹으셔야 돼요."

"피아노 연주를 자주 들으세요. 다른 사람들이 연주한 거요."

"열심히 하세요. 안 됐는데 갑자기 될 때가 있어요."

"연습은 날마다 해야 돼요. 날마다 하는 게 중요해요."

피아노 학원 어린이들도 나를 꽤 주시하는 것 같았다. 한 번은 내가 레슨을 받고 있는데 어린이들 서넛이 떠들면서 학원 문을 열었다. 그러곤 선생님 옆에 앉아 있는 나를 보고 약간 놀랐다. 밖에서도 피아노 소리가 들렸을 텐데, 초보용 연습곡이 그것도 겨우겨우 연주되고 있었으니 레슨을 받는 사람이 이만큼이나 큰 어른일 거라고는 생각지 못했던 모양이다. 어린이들이 갑자기 조용해지더니 아주 조심스럽게 외투와 가방을 정리하고 악보를 챙겨 연습실로 들어갔다. 선배로서 내게 모범을 보이려는 듯이 의젓한 태도였다.

나는 선생님에게 조그만 목소리로 물었다.

"몇 학년이에요?"

선생님도 목소리를 낮추어 대답했다.

"2학년요. 쟤네 지금 되게 점잖은 척하는 거예요. 원래 안 저래요."

그보다 나이가 많은 어린이들은 훨씬 여유를 가지고 신입생을 관찰했다. 이를테면 내가 레슨을 받을 때 딴청을 부리며 옆에서 듣고 있는 것이다. 자기들은 레슨도 연습도 다 끝나서 집에 가도 되는데! 심지어 옆의 친구와 이야기하며 놀다가도 내가 제일 어려워하는 부분이 나오면 갑자기 조용해진다. 내가 긴장한 나머지 연주를 멈추고 한숨을 쉬면 다시 떠든다. 내가 연주를 하면 조용해진다. 정말 굉장히 신경 쓰이는 선배들이다.

보다 못한 선생님이 대놓고 "이제 너희는 집에 가야지. 집에 가" 해도 이런저런 핑계를 대며 버틴다. 한번은 내가 연주하는 곡의 멜로디를 흥얼거리기도 했다. 선생님이 "그러면 안 되지!" 했더니 싱글싱글 웃으면서 "아, 이게 저는 익숙해 가지고 자동으로 나와요"라고 대꾸하는 게 아닌가! 이럴 때 화가 나면 얼마나 못난 어른이 되는지 나도 안다. 그런데 화가 난다. 그래서 두 배로 화가 난다. 울분에 악보가 제대로 보이지 않았다.

우리 피아노 학원에서는 두어 달에 한 번 '작은 음악회'를 연다. 학원 어린이들이 연주자이자 청중이 되는 원내 발표회다. 선생님은 나한테도 참가하라고 여러 번 권하셨지만 아무래도 쑥스러워서 사양했다. 음악회 일정이 정해지면 어린이들이 각자 연주할 곡이 적힌 포스터가 붙는다. 피아노를 배우기 전이라면 '아, 귀여워!' 했겠지만, 이제 나는 거기 적힌 곡명을 유심히 보면서 '선배님들 멋있어!' 하고 감탄하는 후배가 되었다.

사실은 나도 너무 해 보고 싶어서 토요일에 아무도 없는 학원에 남편을 초대해 혼자 연주회를 한 적도 있다. 피아노를 배우기 시작한 지 3개월쯤 되었을 때였다. 첫 곡 연주를 시작할 때 나는 심장이 귓속에 있는 줄 알았다. 이 정도로 크게 뛰면 피아노 소리랑 섞이는 거 아닌가 걱정이 될 지경이었다. 앙코르 곡을 연주할 때는 사람의 심장이 입으로도 나올 수 있다고 확신했다. 연주회를 마치니 새삼, 선배들이 대단하게 여겨졌다.

그 뒤로도 녹음을 목표로 피아노 연습을 하곤 한다. 악보에 동그라미를 열 개 그려 놓고, 한 번 연습할 때마다 하나씩 꼭지를 그려 사과를 만들기도 한다. 몇 번 연습했는지 세어 보기 위해서다. 그 얘기를 했더니 한 친구는 "나도 어릴 때 그거 했어. 근데 나는 조작했는데. 연습 안 하고도 한 것처럼" 하고 웃었다. 나도 조작을 하긴 한다. 접착 메모지에 사과를 그려서 열 개가 되면 떼어 버리고, 악보에는 다섯 번 연습한 정도로만 표시하는 것이다. 선생님 앞에서 연주할 때는 마치 연습을 조금밖에 안 했는데도 이만큼 잘하는 것처럼 보이고 싶어서다. 그런데 선생님은 정말 귀신같이 아신다.

"너무 잘하셨어요. 요만큼만 연습하셨을 리가 없는데. 혹시 밤새우신 거예요?"

선생님은 칭찬으로 하시는 말씀이지만, 왠지 너무 열심히 한 모습을 들키는 게 부끄럽다. 선생님한테 잘 보이고 싶은데, '이렇게 열심히 했는데도 이렇게밖에 못하는구나' 하고 생각하실까 봐 속상하다. 피아노를 배우면 배울수록 어렸을 때 배웠으면 얼마나 좋았을까 생각한다. 우리 집에 종이 건반 대신 피아노가 있었다면 혹시 더 재미를 붙여서 배울 수 있었을까? 나는 손가락도 굳었고, 악보도 잘 못 읽고(실제로 잘 안 보이기도 한다), 새 곡을 과감히 시작하지도 못한다. 그런데 선생님이 좋은 말씀을 해 주셨다.

"어린이들이 훨씬 유연하기는 해요. 대신에 어른은 음악을 조금 더 알아서 재미있게 배울 수 있어요. 이 곡이 어떤 곡인지, 대강 어떻게 흘러가는지 아니까요."

힘이 되는 말씀이다. 피아노를 배우기 시작한 뒤로 피아노 연주곡을 듣는 일이 더 좋아졌고 귀도 조금은, 아주 조금은 더 밝아졌다. 전에는 그저 아름답다고 생각했던 연주가 이제는 '훌륭하다!' '황홀하다!' 하는 느낌까지 준다. 그래서 또 이런 생각이 드는 것이다.

'그게 바로 문제예요, 선생님. 제 귀는 그걸 아는데 제 손이 그걸 몰라요. 그래서 손보다 귀가 더 괴로워요.'

그럴 때 선배님들의 조언을 다시 떠올린다. 열심히 하세

요. 안 됐는데 갑자기 될 때가 있어요. 연주를 자주 들으세

요. 연습은 날마다 해야 돼요. 마음을 굳게 먹으셔야 돼요.

옛말 그른 거 하나 없다. 나는 한숨을 폭 쉰다.

위로가 됐어요

****

수업이 끝나고 보니 비가 꽤 많이 내리고 있었다. 우산 없이 온 하윤이를 집까지 바래다주고 오는 길에 한 어린이가 비를 맞으며 걷는 것을 보았다. 양말에 슬리퍼를 신은 걸 보니 미처 비에 대비하지 못하고 길을 나선 것 같았다.

나는 평소 독서교실 어린이들에게 낯선 어른들을 조심시키면서 "길에서 선생님(나) 차랑 우연히 마주쳤을 때 '와, 땡땡아. 선생님도 지금 땡땡이네 가는 길이야. 태워 줄게, 같이 가자' 해도 타면 안 돼. 친한 사이라도, 선생님 차도 안 되는 거야" 하고 당부한다. 그래서 그 순간에는 고민이 되었다. 내가 우산을 씌워 주면 겁먹지 않을까? 반대로 나 때문에 낯선 사람에 대한 경계심이 허물어지면 어떡하지? 그런데 비가 너무 많이 와서 더 생각할 겨를이 없었다. 일단 우산을 씌워 주고 말을 걸었다.

"안녕하세요? 저는 요 앞에서 독서교실을 하는 선생님이에요. 어린이, 어디까지 가는지 모르지만 저 가는 데까지라도 우산 같이 쓰면 어떨까요? 비가 너무 많이 와서……."

마주하고 보니 어린이 품에는 4학년 문제집들이 안겨 있었다. 아마 공부방에 다녀가는 길인 모양이었다. 어린이는 조금 놀란 듯했지만 "감사합니다"라는 말로 내 제안을 받아들였다. 말투도 움직임도 조심스러운 어린이였다. 나는 이 어린이와 대화하고 싶은 마음이 드는 걸 꾹 참았다. 어린이가 무서워하는 것도 싫고, 안심하는 것도 걱정스러웠기 때문이다. 침묵이 최선이었다. 나는 어린이의 보폭을 모르니 천천히 걸었고, 어린이도 비슷한 생각인지 서두르지 않았다. 빗소리와 발소리만 들렸다.

그런데 헤어질 지점이 왔는데도 비의 기세가 여전했다.

"저는 이쪽으로 가야 돼요. 그런데 어린이가 괜찮다면 조금 더 씌워 줄게요. 아니면 제 우산 가지고 가고 나중에 돌려줘도 돼요."

머뭇거리던 어린이가 결심한 듯 말했다.

"저…… 그럼 길 건너는 데까지만 씌워 주세요."

"그럴까요?"

다시 빗소리. 우산을 내 키에 맞추면 어린이 어깨로 비가 들이치기 때문에 어린이 쪽으로 조금 기울였다. 서로 약간 거리를 두고 걷다가 앞에 물웅덩이를 만나면 둘 다 머뭇거렸다. 그러다 내 쪽이든 어린이 쪽이든 걷기 좋은 쪽으로 가까워졌다가 다시 거리를 두고 걸었다. 건널목에 도착했을 때 내가 물었다.

"길 건넌 다음에 집 멀어요?"

"아뇨. 건넌 다음에 금방이에요. ○단지 놀이터……."

나는 다급히 말을 막았다.

"저한테 집은 알려 주면 안 되니까 집까지 데려다주지는 않을게요. 대신에 길 건너서 ○단지 입구까지 같이 가요."

"그러면 너무 멀리 가시는 거 아니에요?"

'다정한 분이시네요.'

"길 건넌 김에 저는 도서관 들렀다가 갈게요. 그럼 어때요?"

"감사합니다."

그렇게 어린이는 아파트 입구에서 "안녕히 계세요!"라는 어색한 인사(저도 집에 가야 한답니다)를 남기고 총총 달려갔

다. 나는 그길로 돌아서서 집으로 왔다. 비를 조금 맞았지만 어린이는 덜 불안했을 것 같고, 나는 어린이가 젖은 것이 안쓰러웠지만 조금 뿌듯했다. 거짓말이다. 사실대로 말하자면 너무 좋아서 목에서 이상한 소리가 났다.

덕분에 오래전 일이 생각났다. 어렸을 때 가족들과 시외버스를 타고 어느 유원지에 다녀오는 길이었다. 몇 살이었는지는 기억나지 않지만 부모님 중 한 분의 무릎에 앉았던 걸 보면 꽤 어릴 때가 아니었나 싶다. 정류장 몇 군데를 거치며 버스에는 승객이 점점 많아져서, 좌석 가까이에 선 사람들은 손잡이가 아니라 유리창을 짚어야 하는 지경이 되었다. 우리 자리 옆에는 어떤 청년이 서 있었는데 그분도 역시 유리창에 손바닥을 댄 채 등에 힘을 주고 버티고 있었다. 그때 우리 쪽을 보며 들릴 듯 말 듯한 목소리로 그분이 말했다.

"애기가 짜부라질까 봐……."

거기가 왼쪽 창가였던 것, 그분이 호리호리한 체격에 반팔 셔츠를 입었던 것까지 생각난다. 처음 보는 사람이 나를 보호하려고 안간힘을 쓰고 있다는 사실에 나는 놀랐다. 부모님도 이모나 삼촌도 선생님도 아닌 사람이 나를 지켜 주고 있구나. 나는 짜부라지면 안 되는 사람이구나. 그 느낌이 여태껏 생생하다. 내가 우산을 씌워 준 이름 모를 어린이가 그런 생각을 해 주면 좋을 텐데. 나는 비를 맞으면 안 되는 사람이야. 아니, 그것도 욕심이고 그냥 오늘은 운이 좋아서 비를 덜 맞았다고만 생각해도 좋겠다. 주이가 그랬던 것처럼.

주이는 내가 아는 어린이 중에서 가장 까다로운 현실주의자다. '한참 읽어야 재미있어지는' 판타지보다 '범인이 누군지 짐작하는 게 재미있는' 추리 동화를 좋아한다. 이야기를 지어낼 때는 괴로워하지만, 주장하는 글을 쓸 때는 종이도 시간도 부족하다고 한다. '흥부 놀부' 이야기에서 흥부는 "자립심이 부족하다"고 지적하고, 가상의 나라 만들기를 할 때 공휴일은 대체 휴일까지 고려해서 정한다(참고로 주이네 나라 공휴일은 매달 말일이며, 말일이 주말일 경우는 대체 휴일을 인정한다. 나는 이 정책에 찬성한다). 새로운 속담 만들기를 할 때는 "읽지도 않을 책은 사지도 마라 – 낭비하지 말라는 뜻" 이라고 썼다. 내게 한 말은 아니지만 나는 간담이 서늘해졌다. 한번은 독서교실의 꽃을 보고 어딘가 탐탁지 않은 얼굴로 "근데 꽃은 금방 시드는데…… 조금 아깝지 않아요?"라고 물었다.

"아무도 안 봐 주고 그냥 시들면 더 아깝지. 선생님이 보고, 여기 오는 다른 친구들도 보니까 아깝지 않아. 선생님은 예쁜 것 보고 즐기는 것도 돈 낼 가치가 있는 것 같아. 그리고 시들어 가는 거 보는 것도 좋아. 그것까지 구경하는 거야."

이렇게 설명하면 주이는 또 금방 수긍한다. 무언가 납득이 된 순간에 떠오르는 주이만의 표정이 있다. 그런 주이가 '운'이 좋다고 한 사연은 이렇다.

주이네 영어 과외 선생님은 어려운 부분도 아주 잘 가르쳐 주시지만, 무섭기도 하고 숙제도 많이 내 주신다고 한다. 5학년인 주이는 그동안 영어 공부를 많이 하지 않았기 때문에 그만큼 열심히 해야 된다고 생각해서 힘들지만 열심히 해 보려고 노력하고 있단다. 그러다 주중에 가족들과 여행을 다녀오는 바람에 일요일에 보충 수업을 하게 되었다. 수업을 하러 선생님네 아파트에 도착해서 엘리베이터를 탔는데, 자기도 모르게 한숨이 푹 나왔단다.

"근데 제 옆에 어떤 아주머니, 그런데 아주머니라는 거는 제 생각이고 어쩌면 할머니일 수도 있어요, 아무튼 그 여성분이요, 저를 처음 보셨을 수도 있잖아요. 아닐 수도 있지만. 어쨌든 그분이 제가 가방을 메고 있으니까 이상하게 보였나 봐요. '공부하러 가니?' 하고 물어보시는 거예요. 그래서 제가 '네' 했거든요? 그랬더니 '일요일인데 공부하느라고 힘들겠구나' 그러시는 거예요."

나는 왠지 조마조마했다. 혹시 주이가 모르는 사람한테 그런 말을 들은 게 이상하다거나 오히려 기분 나쁘다고 생각하면 어떡하나 하고.

"그 말을 듣고 기분이 어땠어?"

"뭐라고 해야 하지? 위로가 됐어요. 그런 날은 운이 좀 좋은 것 같아요."

"위로가 됐어요"라고 할 때 주이는 오른손을 가슴에 가져다 댔다. 그 장면이 이따금 생각난다. 평소 주이와 다른 모습이었기 때문이기도 하고, 어린이에게는 어른들이 환경이고 세계라는 사실을 그날 다시 깨달았기 때문이기도 하다.

동네 식당에서 어린이 둘과 함께 와서 식사하는 어머니에게 사장님이 "아기들 덜어 먹을 그릇 따로 드릴까요?"라고 먼저 물어보시는 것을 보았을 때, 아파트 1층 현관으로 자전거를 끌고 다가오는 어린이를 보고는 재빨리 문을 열고 들어가 자동문이 닫히지 않게 붙잡아 주시는 아랫집 할머니를 보았을 때 나까지 기분이 좋아진다. 어린이들에게 세상에 대한 좋은 인상이 만들어지는 순간을 보는 듯하다.

어린이도 어른에게 호의를 베푼다. 한번은 아파트 1층 엘리베이터 앞에서 어린이집 아기들과 마주친 적이 있다. 좁은 공간에서 복닥거리는 와중에 아기들은 '오라' 같은 끈을 붙잡고 선생님의 안내를 기다리고 있었다(안전을 위한 장치를 '오라'라고 해서 미안하지만 남편의 표현을 들은 뒤로 잊을 수가 없다. "1층 아기들이 오라를 받은 죄인들처럼 밧줄을 잡고 가는 거 봤어요? 좋다고 막 웃으면서?").

한 아기가 나를 빤히 보더니 내가 누군지 드디어 생각났다는 듯이 큰 소리로 "안녕하세요!" 하고 인사를 했다. 모르는 아기였지만, 나도 비슷한 톤으로 "네, 안녕하세요" 하고 인사를 했다. 그것이 아기들의 어떤 부분을 자극한 모양이다. 오라를 받은 아기 군단이 갑자기 여기저기서 "안녕하세요!"를 외쳤다. 한 명씩 마주 보며 답하면서 겨우 빠져나가고 있는데, 마지막으로 나와 인사를 나눈 아기가 물었다.

"그런데 누구세요?"

누군지도 모르면서 인사를 해 주는 게 어린이인 것이다. 이런 호의가 또 있을까.

동화 『에밀과 탐정들』에는 내가 꼭 닮고 싶은 어른이 나온다. 바로 작가 자신이 분한 캐스트너 기자다. 에밀과 친구들이 대단한 모험 끝에 도둑을 잡았을 때 캐스트너는 취재 기자로 등장한다. 거기서 그는 에밀에게서 놀라운 이야기를 듣는다. 이 사건에 자신이 등장한다는 것이다. 에밀이 기차에서 돈을 도둑맞는 바람에 표 값을 낼 수 없었을 때 지나가던 신사가 돈을 대신 내 주었는데, 알고 보니 그게 캐스트너 자신이었다는 것이다. 나는 에밀의 이야기가 끝날 때까지 캐스트너가 그 사실을 모르고 있었다는 점이 좋다. 아예 에밀을 알아보지도 못했다! 어린이에게 베푼 작은 호의, 이미 잊어버린 호의 덕분에 어린이에게는 모험의 기회가 주어지고, 그는 이야기의 한 부분이 되는 영광을 차지했다. 이야기 속의 일인데도 나는 못 견디게 캐스트너가 부럽다.

가만, 다시 생각해 보니 부럽기는 해도 따라 하기는 어려울 것 같다. 그만큼 멋있는 어른이 되려면 친절을 베풀고 잊어버려야 하는데 나는 그럴 자신은 없다. 나는 속이 좁아서 그렇게는 못 할 것이다. 그보다는 소나기 때문에 생긴 그 일을, 우산을 같이 썼던 침착한 어린이를 떠올리면서 한 번씩 그때의 기분을 되새기는 편이 좋을 것 같다. 목에서 또 이상한 소리가 난다.

사랑이라고 해도 될까

돌려서 말하려고 한참을 고민하다 결국 그대로 쓰기로 했다. 이상하게 들릴 것 같지만 할 수 없다. 나는 어린이를 '사랑으로' 가르치지 않으려고 노력한다. 쓰고 나니 후련하다.

그렇다고 누군가 나더러 각박하다고 한다면 다른 어떤 오해를 받을 때보다도 억울할 것 같다. 나는 마음이 아주 헤프다. 누구든 무엇이든 좋아하기를 잘하고, 그러기 시작하면 뭐가 어떻게 되는지도 모르는 채로 한정 없이 마음을 준다. 그 마음을 늘 돌려받는 것도, 애초에 그러기를 바라고 주는 것도 아니다. 그러다 보니 종종 상처도 받지만 그럴 때 상대를 원망하지 않는 것이 나의 덕이라면 덕이다. 마음이 많은 사람으로 살아가기 위해서 어쩔 수 없이 수련된 것이기도 하지만.

그런 내가 어린이를 '사랑으로' 가르치지 않는 이유는 일단, 내가 수업료를 받기 때문이다. 나는 나를 선택한 어린이와 부모님으로부터 수업의 대가로 돈을 받는다. 그런데 사랑으로 가르치면 어떻게 되나. 돈을 받아서 사랑을 주는 것이 된다. 만일 어린이와 수업을 그만하게 되면, 어린이에게 사랑을 주는 것도 중단해야 하나. 계속 사랑한다면 수업료를 내는 어린이들에게는 불공평하지 않나. 이쯤 되면 어떻게 해도 계산이 이상해지고, 계산을 하고 있는 나도 이상해진다. 유료 수업에 사랑을 개입시킬 수는 없다. 그것이 나의 직업 윤리다.

내가 '사랑'을 동원하지 않는 또 다른 이유는 나 자신을 보호하기 위해서다. 역시 돌려 말할 방법이 없어서 그대로 쓰자면, 나는 마음이 많은 것이지 인격이 훌륭한 것은 아니다. 사랑은 마음이라는 자원을 필요로 하는데, 자원이란 것은 아무리 많다고 해도 대체로 바닥이 난다. 어린이를 사랑으로 대하기 시작하면 마음이 헤픈 나는 금방 파산하고 말 것이다. 행여 상처를 주는 어린이를 만났을 때 버틸 수 있을 만큼 내 인격이 훌륭하지도 않다. 이런 내가 자랑스럽다는 건 아니지만, 그렇다고 거짓말을 할 수는 없다.

어린이는 이성으로 가르친다! 이것이 나 자신의 사훈社訓이다. 어린이 한 명 한 명을 존중하고, 그들의 지적 정서적 성장을 돕고, 좋을 때 좋게 헤어지는 것. 직업 윤리와 진실한 자세만 있다면, 굳이 '사랑으로' 가르치지 않고도 성과가 있다고 믿는다. 나는 어린이를 사랑하는지 사랑하지 않는지를 생각하지 않는다. 좀 더 솔직히 말하면, 생각하지 않으려고 노력한다. '사랑'이란 내가 다루기에 너무 크고 어렵고 조심스러운 것이다. 나도 모르는 사이에 이미 마음이 드러날지도 모르니 늘 조심해야 한다고 다짐한다.

그래서 이따금 어린이들이 편지나 카드에 "사랑하는 김소영 선생님께"라고 쓴 것을 보면 갑자기 심장이 확 커지는 것 같다. 내가 이런 말을 들어도 되나? 아마도 관용적으로 쓴 것이겠지. 태권도 사범님한테도 썼을 테고 고모한테도 썼을 테지. 너무 과장되게 해석하지 말자. 그런 다짐을 하면서도 '사랑'이라는 두 글자를 오래도록 들여다보고 각도를 바꿔 가며 편지 사진을 찍고 카드를 책상 앞에 붙인다. 그러다 눈을 부릅뜬다. 어린이는 이성으로 가르친다! 어린이는 이성으로…… 사랑은 관용어구…… 태권도 사범님…… 어린이는 이성으로!

물론 나도 약간의 욕심이 있다. 사랑을 주고받기에는 내 자리가 적절치 않지만, 우정은 나누고 싶다. 처음에 이 생각을 해내고 나 자신의 기발함에 얼마나 감탄했는지 모른다. 우정이란 사랑만큼 심각하지 않으면서도 인생에서 꽤 중요한 역할을 하지 않는가. 사랑에 비해 둘 사이의 거리가 조금 먼 듯한 것도 딱 들어맞는다. "나는 어린이에게 우정을 주고 싶다"라는 말도 생각해 냈는데 왠지 세련되고 멋진 것 같았다.

그런데 그 문장을 일기장에 쓰는 순간 한 가지 문제가 떠올랐다. 우정이란 서로 동등한 사이에 주고받는 것이라는 사실이다. 나와 어린이들이 그런가? 나는 평소에 '친구 같은 선생님'이라는 말이 적어도 내게는 맞지 않다고 생각해 왔다. 나는 어린이에게 책을 잘 읽고, 생각을 정리해서 말하고, 말한 것을 글로 쓰게 가르친다. 지식은 나로부터 어린이 쪽으로 흘러간다. 내가 더 많이 갖고 있기 때문이다. 물론 어린이가 자기 힘으로 생각하게 만드는 것이지만, 그래도 '가르친다'는 사실은 변하지 않는다. '이끈다' '돕는다'는 말로 바꾸어도 마찬가지다. 가르치는 동안은 내게 더 힘이 있다. 잘 가르치기 위해서는 그것을 인정하고 힘을 잘 사용해야 한다.

결국 나는 어린이가 친근하게 느끼는 선생님이 될 수는

있어도 '친구 같은 선생님'은 될 수 없다는 사실을 받아들여야 했다. '우정'이라는 근사한 말을 쓰겠다고 이제 와서 그걸 부정할 수는 없다. 내가 매달려 볼 가능성은 이제 한 가지가 남아 있었다. 어린이가 나를 '친구'로 여겨 준다면 어떨까? '친구 같은 선생님'이 아니라 아예 '친구'로 여긴다면. 그러니까 선생님은 선생님인데, 친구이기도 하다면? 그렇기만 하다면 나는 평소에는 어린이와 친구로 지내고 가르칠 때만 선생님을 하면 된다! 그래서 어린이들이 나를 친구로 대해 준 증거들을 샅샅이 찾아보았다.

어린이들은 나에게 무엇이든 잘 준다. 현성이는 학교 특별 수업 때 심혈을 기울여 완성한 스파이더맨(현성이가 가장 좋아하는 캐릭터다) 종이 입체 인형을 내가 사양하는데도 부득불 주고 갔다. 그 인형은 '평생 금연 선언문'을 들고 있었는데, 그것만은 떼어 가라고 했더니 "아, 저는 어차피 금연할 거라 필요 없어요"라는 알쏭달쏭한 말을 남겼다. '어차피'라고? 규민이 가방에는 늘 먹을 것이 있는데, 새로 먹어 본 과자가 맛있으면 내게도 꼭 똑같은 걸 하나 준다. 어떤 때는 봉지가 너무 구겨져 있어서 뜯어보기가 겁날 때도 있다. 예지는 강아지 꼬리 모양 책갈피를 만들어 줬다. 내가 개를 좋아하기 때문이라고 했다. 세준이는 학교 운동장에서 행운의 콩(비 오는 날 심으면 용이 되거나 하늘로 올라가는 나무가 되는 것으로 알려져 있다)을 네 개 발견했는데, 통 크게도 내게 두 개나 줬다. 이런 건 다 친구 사이에나 있는 일 아닌가?

또 어린이들은 나하고 무엇이든 같이 하고 싶어 한다. 주호는 그림을 크게 그리는 걸 좋아한다. 내가 "시간 안에 완성할 수 있을까?" 하고 조심스레 물으면 마치 처음부터 협의가 되었던 것처럼 "제가 여기 여기 칠하고 선생님이 여기 여기 칠하면 돼요" 하고 대꾸한다. 방금 전까지는 분명 학생과 선생님이었는데, 갑자기 팀장과 팀원이 된 것 같다. 하윤이는 글을 쓸 때마다 나보고도 쓰라고 한다. 다 쓰고 나면 바꿔 보자는 것이다. 하윤이는 또 가족들과 어디 가서 맛있는 것을 먹으면 "김소영 선생님도 사다 드리자"라고 한단다. 덕분에 유명한 가게의 빵, 밀크티, 케이크를 얻어먹어서 좋기는 한데 부모님 뵙기가 좀 머쓱하다. 아람이는 한글을 떼고 혼자서 책 읽기를 시작했을 때, 자기가 아주 좋아하는 책을 가지고 와서는 한두 줄 낭독하더니 나를 올려다보며 이렇게 말했다.

"같이 읽을래요?"

이만큼 달콤한 제안이 또 있을까 싶다.

최근에는 이런 일도 있었다. 얼마 전 어금니가 빠진 초희

가 어떻게 뺐는지 미간에 주름을 잡아 가며 설명하다 내게 물었다.

"이 막 흔들려 가지고 마지막에 거의 다 됐을 때 엄청 떨리는 거, 선생님도 알죠?"

"기억하세요?"가 아니라 "알죠?"다. 나도 당장 아홉 살로 돌아가 "당연하지!" 하고 맞장구를 쳤다. 나중에 생각해 보니 내가 마지막으로 뺀 이는 사랑니로 그것도 십수 년 전이고 마취도 했었지만, 어쨌든 겁에 질렸던 건 마찬가지니까. 내가 주사 맞는 걸 무서워한다고 했더니 지영이는 자기가 독감 예방주사 맞은 이야기를 하면서 "선생님도 울고불고 했어요?" 하고 진지하게 물었다. 이만하면 어린이들이 나를 친구로 여긴다고 해도 되지 않을까?

코로나19 사태로 어린이들의 개학이 연기되면서 독서교실도 여러 달 쉬게 되었다. 못 만나는 기간이 자꾸 연장되니 슬슬 걱정이 된다. 어린 시절의 몇 달은 얼마나 긴가. 어린이들이 새로운 일상에 적응하면서 나 따위는 까맣게 잊으면 어쩌지. 부모님들과는 메시지와 전화 통화로 안부를 주고받고 있는데, 어린이들에게도 전화를 한 번씩 해야 될까? 생각해 보니 내가 어린이들 목소리를 듣고 울어 버릴 것 같았다. 나는 마음이 너무 헤퍼서 그러고도 남는다.

그러던 중에 한 어린이가 나와 함께 하던 장기 프로젝트 (업무상 비밀이라 밝힐 수 없다)를 스스로 끝마쳤노라고 신이 나서 문자 메시지를 보내 왔다. 나를 잊지는 않았나 봐. 메시지만 보는데도 마음이 몽글몽글해지는 걸 보니 역시 통화는 어려울 것 같다. 더불어 아주 뜻밖의 사실도 하나 깨달았다. 어린이와 나 사이의 우정에 대해서는 더 생각해 봐야겠지만, 사랑에 대해서는 답이 이미 나와 있다는 것이었다. 내가 사훈이니 뭐니 하며 재는 동안에 사랑은 이미 흐르고 있었다. 어린이로부터 내 쪽으로. 더 많은 쪽에서 필요한 쪽으로. 그렇지 않다면 이렇게 내 마음에 사랑이 고여 있을 리가 없다. 모두 너무 보고 싶다.

삶을 선택한다는 것

****

삶이나 죽음에 대해서 말하는 것이 나에게는 주제넘는 일로 느껴진다. 신성하게 여긴다거나 금기시한다거나 해서는 아니다. 그런 이야기를 하려면 더 많이 알거나, 차라리 더 적게 알아야 하는 것 같다. 그래서 며칠 동안 그 생각을 하지 않으려고 노력했다. 걷고, 영화를 보고, 반찬을 만들고, 청소를 하고, 빨래를 하고, 또 걷고, 씻고, 음악을 듣고, 걸었다. 그런데 무엇을 하든 계속 눈물이 나왔다. 그래서 써 보기로 했다. 이 글이 어떻게 마무리될지, 누군가에게 보여 줄 수는 있을지, 다 모르는 채로.

많은 사람들처럼 나도 죽고 싶은 순간이 있었다.

힘들었던 어느 시기를 뭉뚱그려 말하는 게 아니다. 내가 마음이 물러서 그런 건지, 실제로 그럴 만했는지는 모르겠지만 이삼십 대의 나는 힘 쓸 일, 감정 쓸 일이 많았다. 내내 퍼석한 얼굴로 사는 나를 보다 못한 선배 언니가 밥을 사 주다가 드라마 대사를 빌려서 물어 주었다. 너도 심장이 딱딱해졌으면 좋겠지? 그랬다. 무딘 사람이 되고 싶었다. 잠자리에 들면서 아침에는 죽어 있으면 좋겠다고 생각하기도 했다. 그렇지만 '죽고 싶다'는 건 다른 문제였다. 의지를 가지고 스스로 죽겠다는 것은.

죽어야겠다는 확신이 들었을 때 나는 베란다에 있었다. 당시 나는 친한 언니의 집에 방 한 칸을 세내어 살고 있었다. 언니가 나를 '하우스메이트'로 대해 준 덕분에 주방, 거실, 화장실 등을 편히 쓸 수 있었지만, 사실 내 몫은 작은 방한 칸이었다. 나는 한낮인데 방에 누워서 몇 시간째 어떤 생각에 잠겨 있었다. 그래도 답이 나오지 않아 내 방에 딸린 손바닥만 한 베란다에 나갔다. 오래된 저층 아파트 단지에는 늦겨울 특유의 우울이 가득 차 있었다. 날카롭지도, 그렇다고 만만하지도 않은 추위가 옷 속을 파고들었다. 쪼그리고 앉아서 멍청하게 나무들이 흔들리는 것을 보다가 갑자기 그 생각이 떠오른 것이다. 여기서 떨어져도 죽지는 않겠지. 고

작 4층이니까. 그럼 죽으려면 어떻게 해야 하나. 이어지는 생각들도, 죽고 싶다는 욕망도 너무나 구체적이었기 때문에 감정이 끼어들 틈이 없었다. 그랬기 때문에 십여 년이 지난 지금도 그 순간을 생생하게 기억하는지 모르겠다.

내게는 오래 묵었지만 차마 인정하지 못하는 문제가 있었다. 가까스로 직면하고 보니 문제는 생각보다 훨씬 심각했고, 해결할 방법도 알지 못했다. 나는 사방이 꽉 막힌 길에 서 있는 듯했다. 그때는 가족이나 꽃, 추억, 축하처럼 행복에 가까운 단어들을 두려워했다. 보거나 들으면 심장에 가시처럼 박혔기 때문이다. 불행과 관련된 단어들은 아무렇지 않았다. 내가 그 속에서 살고 있었으니까. 나는 날마다 숨이 막혔다. 남은 날들을 이 상태로 살아야 한다는 것이 끔찍하게 두려웠다. 사람들은 절망에 빠진 사람에게 용기를 내라고 말하는데 그게 그렇게 간단하지가 않다. 적어도 나에게 있어서는 죽음보다 삶이 더 많은 용기를 요구했다. 그 베란다에서, 추위와 두려움에 떨면서 생각했다. 나에게 남아 있는 용기가 있을까? 없었다. 아무래도 없었다.

대신 두 가지 운이 있었다. 그곳 베란다가 고작 4층이어서 나에게 생각할 시간이 있었다는 것. 또 그래서 나에게 손을 내밀어 주는 사람을 생각해 냈다는 것. 살아갈 용기는 없었지만, 그 손을 잡을 용기는 겨우 남아 있었다. 중요한 건 나에게 삶과 죽음을 선택할 기회가 있었다는 사실이다.

나는 삶을 선택했다.

＊

묻어 두었던 이 일이 생각난 것은 5세 어린이의 사망 사건 기사를 읽었기 때문이다.* 기사에 의하면 이 어린이는 3세 때 어머니의 동거남에게 학대를 당했다. 어머니의 신고 이후 어린이는 동생과 보호시설로, 어머니는 여성 쉼터로 들어갔다. 그런데 어머니는 퇴소 후 그 동거남과 결혼했다. 계부, 즉 가해자는 아이들에 대한 접근 금지 기간이 끝나자 보호시설에 있던 아이들을 되찾아 왔다. 기사는 가해자의 불우한 어린 시절, 아이들을 '부모 손으로' 키우려던 의지 등을 상세히 다루었지만 내가 보기에 요지는 폭력 피해자, 그것도 자기방어가 불가능한 5세 어린이를 가해자의 품으로 돌려보냈다는 사실이다.

집에 돌아온 어린이는 '훈육'이라는 명목의 참혹한 고문을 당했다. 굶어야 했고, 목검으로 수백 차례 맞았으며, 개와 함께 화장실에 갇혔다. 결국 묶인 채로 탈진한 어린이는 복부 손상으로 죽었다. 검찰은 가해자에게 무기징역을 구형했

으나 판사는 징역 22년을 선고했다. 가해자가 어렸을 때 부모의 이혼, 폭력 등의 영향을 받았다는 것이 형을 낮춘 이유였다. 사망이라는 돌이킬 수 없는 최악의 결과 앞에서도 가해자의 사정을 헤아려 준 것이다. 형을 모두 채운다 해도 가해자는 중년에 자유를 찾는다.

가해자가 성장 과정에서 겪은 일을 범행을 정당화하는 데 소비하는 것은 학대 피해 생존자들을 모욕하는 일이다. '학대 대물림'은 범죄자의 변명에 확성기를 대 주는 낡은 프레임이다. 힘껏 새로운 삶을 꾸려 가는 피해자들을 '불우한 가정에서 자란 예비 범죄자'로 보게 하는 나쁜 언어다. 가정에서 아이를 학대해선 안 되는 이유는 아이를 아프게 하고, 존엄을 무너뜨리고, 상처를 남기기 때문이다. 그것만으로도 이유는 충분하다. 가해자의 잔인한 범행을 나는 '악惡'이라는 개념 말고 다른 것으로 이해하지 못한다. 악행의 기승전결은 전혀 알고 싶지 않고, 합당한 벌을 받기를 바랄 뿐이다.

내가 생각하는 것은, 그러니까 칼국수를 먹다가, 빨래를 널다가, 횡단보도 앞에 서 있다가 갑자기 생각하는 것은, 다섯 살 어린이의 삶이다.

모든 인간이 소중하다거나 그런 말은 하고 싶지 않다. 나는 인간은 소중한지 아닌지 따질 수 없는 존재라고 배웠다.

누구도 자신의 의지로 태어나지 않았기 때문에 세계의 구성원으로서 똑같은 자격을 갖는다고 배웠다. 기사에 달린 댓글에는 어린이가 '피어 보지도 못했다'는 표현이 있었다. 글을 쓴 분의 안타까워하는 마음은 이해하지만, 나는 틀린 비유라고 생각한다. 내가 아는 삶은 그런 게 아니다. 삶의 순간순간은 새싹이 나고 봉우리가 맺히고 꽃이 피고 시드는 식으로 진행되지 않는다. 지나고 보면 그런 단계를 가졌을지 몰라도, 살아 있는 한 모든 순간은 똑같은 가치를 가진다. 내 말은 다섯 살 어린이도 나와 같은 한 명의 인간이라는 것이다.

다섯 살 어린이의 이름은 무엇일까. 어떻게 생겼을까. 목소리는 어떨까. 자꾸 그런 생각이 난다. 그 어린이의 삶을 떠올리려면 무슨 색을 좋아하는지, 무슨 만화를 좋아하는지, 무슨 음식을 좋아하는지도 생각해야 하는데, 아무래도 그에게 그런 것이 존재했을지 확신할 수 없어서 차마 혼자서라도 궁금해할 수가 없다. 그러면서 나도 모르게 감히, 또 생각하는 것이다. 어린이는 살고 싶었을까, 죽고 싶었을까.

혼자 밤 산책을 하면서 어찌할 도리가 없이 울었다. 우는 것도 자기만족인 것 같아서 참으려고 걷기 시작한 건데 소용이 없었다. 세상에 왜 이런 일이 일어나는 걸까. 왜 어떤 사람은 그렇게까지 악하고, 왜 그런 사람에게 유리한 판결이 내려지는 걸까. 이게 처음도 끝도 아니잖아. 이런 세상을 나는 계속 미워하지 않고 살 수 있을까. 이런 세상을 어떻게 저주하지 않을 수 있나. 그런데 이 순간에도 어떻게든 살아 있는 어린이들이 있지 않나. 대체 어떻게 해야 된다는 거야. 나 하나가 경멸해도, 나 하나가 사랑해도 세상은 그대로 있고 누군가는 살아 있다.

다섯 살 어린이에게는 삶이나 죽음을 선택할 기회가 없었다. 그 어린이는 다른 사람의 의지로 인해 죽었다. 나는 삶을 선택할 수 있었다. 문제 해결은 여전히 요원하므로 어떤 의미에서는 날마다 살기로 선택하고 있는 셈이다. 나처럼 선택의 순간을 가졌든 아니든 간에, 지금 살아 있는 사람은 삶을 선택한 것이다. 그렇다면 살아 있는 사람은 무엇이든 어떻게든 해야 되는 것이 아닐까. 삶을 선택한다는 건 나아가겠다고 선택하는 것이니까. 나아가려면 외면할 수 없으니까. 나아가려면 맞서야 하니까. 삶을 선택한다는 건 그런 것이니까.

어린이의 명복을 빈다. 떠나던 순간에 인간은 상상할 수 없는 자비로운 손길이 함께했기를 마음 깊이 빈다. 천국이 꼭 있었으면 좋겠다. 그곳에서는 어린이가 좋은 음식을 먹고 마음껏 뛰놀며 행복한 사람으로 살아 있으면 좋겠다.

*   「'5살 살해' 계부의 학대 대물림… 둘째 아들 일기엔 "괴물 아빠"」,
    『중앙일보』, 2020년 5월 23일.

양말 찾아 가세요

****

수업이 끝나고 어린이를 배웅한 뒤에 돌아와 보면 교실은 늘 어수선하다. 나름대로 수업 중간에 정돈을 하는데도 그렇다. 다음 주까지 읽을 책을 함께 고르느라 꺼낸 책들이 바닥에 흩어져 있고, 소파에는 어린이 옆에서 함께 책을 읽은 도그맨과 패티(대브 필키의 만화책 '도그맨' 시리즈* 주인공 캐릭터들) 인형이 '아이고 퇴근이다' 하는 자세로 누워 있다. 책상 위는 물론이고 의자 위까지 필기구와 책과 공책, 스케치북, 때로는 색종이와 풀, 가위 같은 것들이 흩어져 있다. 어린이가 가고 난 자리를 정리할 때마다, 한 사람이 단 한 시간 동안 이만큼의 무질서를 창조할 수 있다는 사실에 놀란다. 나라면 어지르는 것만으로도 기진맥진해질 것 같은데 어쩌면 그렇게 쌩쌩할까. 아마도 밤에 달게 자겠지.

그러다 어린이가 두고 간 물건을 발견하기도 한다. 그날 가방에서 제일 먼저 꺼낸 것, 즉 제일 자랑하고 싶었던 물건일 때가 많다. 그 위에 종이와 책 등이 뒤덮이는 데다 집에 갈 때쯤이면 잊어버려서 물건만 덩그러니 교실에 남게 되는 것이다. 방과 후 교실에서 만든 스노볼이나 생일 선물로 받은 레고 피규어, 귀여운 여우가 그려져 있는 핫팩 등. 제일 자주 발견하는 건 역시 지우개다. 왜 그런지 어린이가 두고 간 지우개에서는 나름의 역사 같은 게 느껴진다. 아무렇게나 닳아 있고 별 특징이 없는데도 그렇다. 손에 쥐면 따뜻하다. 이런 자잘한 물건들에는 이름을 써 붙여서 눈에 잘 띄는 곳에 둔다. 다음에 왔을 때 찾아 가져갈 수 있도록.

이름을 써 붙이기 어려운 물건도 있다. 발견할 때마다 웃음이 터지는 물건, 의외로 자주 발견하는 물건. 양말이다. 모어린이의 말 "엄마가 예의상 신어야 된대요"에 비추어 보건대, 아마도 본인은 별로 내키지 않았을 것이다. 신발을 벗고 들어가는 곳인데 맨발이면 실례라는 어머니와 불편하다는 어린이가 실랑이를 벌였을지도 모른다. 어쨌든 수업 중에 그만 못 참고 벗어 버리는 것이다.

벗은 양말을 곧장 자기 가방에 챙겨 넣는 어린이도 있고 곱게 개서 (아무 일 없었던 것처럼 신고 귀가하려고) 신발 옆에 두는 어린이도 있다. 그런 어린이는 양말을 두고 가지 않는다. 무심결에 벗은 양말을 뒤집힌 그대로 대충 두는 어린이는 집에 갈 때도 해맑게 맨발로 간다. 버려지다시피 한 걸 주워 원래 모습대로 뒤집은 뒤에도 양말만은 그대로 전시하기가 영 곤란하다. 그래서 종이봉투에 담아 다른 물건들처럼 눈에 띄는 곳에 두는데, 그러면 다음 주에 주인이 찾아가기 전까지 오는 어린이들마다 그 속을 들여다보고 웃는다. 정작 당사자는 아무렇지도 않다.

한번은 지윤이가 독서 수첩을 두고 갔다. 번호를 매기고 읽은 책의 제목과 한 줄 평을 쓰는 조그만 공책이다. 어린이들이 싫어하는 '독서 기록장'을 대신하려고 마련해 준 것이다. 이번 주는 수첩이 없으니 덕분에 쉬겠구나, 지윤이 좋겠네! 나는 그렇게 생각하고 수첩을 정리해 두었다. 그런데 다음 주에 온 지윤이가 그 수첩을 보더니 얼굴이 환해졌다.

"이거 여기 있었네요! 하아. 아무리 찾아도 없어 가지고요, 하아. 찾았다."

학교며 집이며 다 찾아봤다고 했다. 나는 당연히 지윤이가 수첩이 독서교실에 있으려니 생각할 줄 알았는데 내가 틀렸던 모양이다.

"미안해. 선생님이 어머니한테 문자 메시지라도 드릴 걸 그랬다."

지윤이는 괜찮다고 하면서 새로 만든 수첩을 보여 주었다. 독서 수첩이랑 비슷한 크기의 수첩에 한 주 동안 읽은 책이 기록되어 있었다. 건너뛸 거라고 짐작했던 내가 부끄러울 지경이었다. 지윤이는 그 기록을 되찾은 수첩에 옮겨 적었다. 그리고 이번에는 수첩을 바로 가방에 챙겨 넣었다. 그런데 수업이 끝나고 지윤이를 데리러 온 어머니께 그 일을 말씀드렸더니 어머니가 슬쩍 이런 말씀을 하셨다.

"제가 아마 독서교실에 있을 거라고 걱정하지 말라고 그랬어요. 그런데 지윤이가 그걸 꼭 찾아야 된다고 아주 동동거리는 거예요. 그게 선생님이 딱 세 개 있는 거 주신 거라고, 자기가 딱 고른 거라고 꼭 있어야 된다고 하더라고요. 그래서 제가 선생님한테 전화해 본다니까 그건 또 절대로 안 된대요. 아휴, 아무튼 찾아서 다행이에요."

얘기는 이렇다. 내게 어쩌다가 세 권의 수첩이 생겼다. 같은 크기에 같은 캐릭터들이 그려져 있는데, 표지 그림과 내지 디자인은 조금씩 달랐다. 지윤이에게 이 수첩들을 보여 주면서 마음에 드는 것을 한 권 고르게 했었다. 한 권은 다른

날 오는 친구가 고르게 하고, 나머지 한 권은 내가 쓰겠다고. 우리 셋이 그렇게 나누어 쓰자고 했던 것이다. 그때 수첩을 고르면서는 '뭘 이렇게까지……' 하는 얼굴이었던 것 같은데, 사실은 지윤이에게 이 수첩이 꽤 중요한 물건이었던 모양이다. 내가 또 틀렸다. 만에 하나 그 수첩이 독서교실에도 없으면 선생님이 실망할까 봐 걱정했을까. 그래서 어머니한테 절대로 전화하지 말라고 했을까. 이것도 내가 틀렸으면 좋겠다.

아끼는 물건을 잃어버렸을 때의 황망함을 생각하면 제일 먼저 떠오르는 것은 동그란 동전 지갑이다. 전체는 하얀색인데 지퍼만 빨간색이었다. 나는 그렇게 세련된 지갑을 가져 본 적이 없었다. 무엇이든 내 것보다 훨씬 좋아 보이는 걸 가지고 있던 언니가 물려준 것이다. 나는 그 지갑을 너무너무 좋아했다. 열 살 무렵 내 손에도 쏙 들어왔으니 그야말로 동전만 들어가는 크기였을 것이다. 넣을 동전이 별로 없었기 때문에 자질구레한 물건도 넣어 가지고 다녔던 것 같다.

나는 지금도 그 지갑을 잃어버린 장소를 찾아갈 수 있다. 성당에서 집으로 가는 길에 큰 집이 있었는데, 담벼락에 뚫려 있는 네모난 구멍으로 가끔 개가 얼굴을 내밀었다. 그 개는 짖지도 않고 지나가는 사람들을 구경했다. 개가 보이는 날은 나도 조금 떨어진 데서 그 개를 보다가 집에 갔다. 작고 하얀, 빨간 지퍼가 달린 나의 소중한 동전 지갑이 없어졌다는 것을 깨달았을 때 나는 그 집 앞을 지나고 있었다. 개가 나왔나 살필 겨를도 없이 얼음이 되었다. 헌금할 동전을 그 지갑에서 꺼냈으니까 분명히 성당에서는 가지고 있었다. 그러니 성당부터 개네 집까지만 살피면 된다. 눈을 부릅뜨고 성당으로 되돌아갔다. 없었다. 몇 번이나 성당과 그 집 앞을 오가며 전봇대 뒤까지 샅샅이 살폈는데도 없었다. 그래도 열 살 무렵이니까 아마 울지는 않았을 거라고 쓰고 싶지만 솔직히 확실하진 않다. 그 뒤로 어떤 지갑도 그 지갑만큼 내 손에 쏙 들어오지는 않는다.

또 하나는 목도리다. 이모가 선물로 주신 건데 모자와 한 세트였다. 둘 다 주황색이고 모자에는 굵게 한 줄, 목도리 양 끝에는 가늘게 두 줄 남색 장식이 들어가 있었다. 색깔도 촉감도 모두 마음에 쏙 들었다. 다만 나는 스스로 모자가 안 어울린다고 생각한 데다, 모자와 목도리를 세트로 하고 다니는 게 부끄러워서 모자는 집에 고이 두고 목도리만 열심히 두르고 다녔다. 그런데 학교에서 단체로 어딜 다녀오는 길에 버스에 목도리를 두고 내린 것이다. 집에 가서야 그 사실을 알았다. 서랍에서 모자를 꺼내 놓고는 부질없이 바라보

왔다. '차라리 모자가 없어지지 왜 목도리가…….' 아무래도 목이 좀 메었던 것 같다.

그 뒤로도 당연히 여러 물건을 잃어버리며 살았다. 지갑, 우산, 스카프 같은 것들. 어렸을 때 잃어버린 동전 지갑과 목도리만큼은 아니어도 어떤 것은 떠올릴 때마다 속이 상한다. 생각해 보면 좋아했던 만큼 자주 가지고 다녔기 때문에 잃어버리기도 한 것 같다. 그렇다고 잃어버릴 것을 걱정해서 좋아하는 물건을 상자에 넣어 모실 수도 없다. 그러느니 한 번이라도 더 함께 외출하고, 한 번이라도 더 자랑하고, 한 번이라도 더 만지고 싶다. 잃어버린 물건들도 어딘가에서 나름대로 다음 순간을 맞이하고 있겠지. 새 주인을 만날 수도 있고, 그대로 버려져 끝을 맞이할 수도 있겠지. 아주 가끔이지만 잃어버렸던 물건들이 돌아오기도 하니까, 나는 계속 그런 순간을 기대할 수도 있을 것이다.

이번 주에는 예지가 하얀색 점퍼를 두고 갔다. 비 오는 날 입기에 적당한 여름옷이다. "어제까지는 날씨 엄청 좋았잖아요! 오늘 텃밭 체험하는 날인데 비가 와서 그것도 못 하고, 교과서 다 들고 다녀서 가방도 무거운데 이렇게 긴 옷 입어서 덥기만 해요" 하고 투덜대며 벗어 두었는데, 갈 때는 깜빡한 것이다. 나도 여름이라 외투 챙길 생각을 못 하고 그냥 보냈다. 어머니와 연락을 나눈 뒤에 예지의 점퍼를 정리했다. 종이 가방에 넣으려고 보니 여름옷이라지만 너무 가볍다. 너무 작다.

"저희 아빠 친구가 코로나 검사를 받으셔 가지고 혹시 코로나 맞으면 아빠도 검사받아야 된다고 했잖아요? 그래서 저도 너무 무서워서 집에서도 마스크 하고 있었어요. 그리고 제가 그 뭐지 그 하얀 옷 뭐라고 하더라? (방역복?) 네, 그 거처럼 생긴 옷이 있거든요? 하얀색이고 그게 좀 얇아요. 그래서 그 옷 입고, 바지도 하얀 바지 입고, 또 장갑도 끼고, 선글라스까지 끼고 있었어요. 완전히 다 꽁꽁 싸맸어요. 그 랬는데 그분이 코로나 아니라고 해서 진짜 다행이다 하고 바로 벗었어요."

지난주에 얘기한 방역복 닮은 옷이 이 점퍼인가 보다. 예지가 웃으면서 얘기해서 나도 마주 웃었다. 그래도 그렇게 지나가서 너무 다행이라고 예지와 함께 안도했다. 열두 살 여름에 겪은 소동이 예지에게는 이 옷과 함께 기억되겠구나. 나는 왠지 옷을 접고 싶지 않아서 도로 옷걸이에 걸었다. 작고 가벼웠다.

＊ 　 대브 필키, 심연희 옮김, 『도그맨 1, 2, 3』, 보물창고, 2017~2018.

남의 집 어른

****

어린 시절 친구들이 갑자기 달라 보일 때가 있다. 같이 학교에 다니고 어울려 놀 때는 나랑 비슷한 열 살, 열다섯 살이었는데 어느 순간 나이만 같을 뿐 다른 내용으로 살고 있다는 사실을 깨닫는 것이다. 이십 대 때는 각자 직업을 갖기 시작하면서 만나는 사람, 가는 곳, 고민하는 문제가 달라지니 그럴 수밖에 없다고 생각했다. 한 번씩 데면데면한 순간이 있지만, 한편으로는 이렇게 각자 '사회인'이 되어 간다는 사실에 자부심이 생기기도 했다. 이것이 어른의 세계인가, 약간 허세를 부리기도 했다. 그렇지만 '엄마'가 되는 것은 어딘가 다른 문제였다. 친구가 아이를 돌보는 모습, 아이에 대

174

해 고민하는 모습에는 내가 끼어들 여지가 없어 보였다.

어떤 친구는 '애를 낳아 봐야 어른이 된다'라는 식으로 나를 대해서 조금 멀어지기도 했다. 하지만 그것과 별개로 엄마가 된 친구들을 보면서 내가 제일 많이 한 생각은 '세상에, 쟤가 저런 것도 할 줄 알았나?'였다. 특히 갓난아기를 먹이고 입히고 씻기고 재우는 모든 단계에 나는 입이 벌어졌다. 쟤가 저렇게 예민했나? 쟤가 저렇게 빨랐나? 쟤가 저렇게 팔 힘이 좋았나? 쟤가 저렇게 단호했나? 아기가 있는 친구네 집에 놀러 가서 밥을 먹을 때, 아기가 호시탐탐 고추장으로 손을 뻗는 일이 있었다. 친구는 계속 안 된다고 했지만 순식간에 아기가 고추장을 입에 넣고 매워 울기 시작했다. 그러자 친구는 아기를 안고 얼굴을 씻기며 "엄마가 미안해. 엄마가 그거 치웠어야 되는데 엄마가 미안해" 하고 달랬다. 나는 놀랐다. 아니, 쟤가 저렇게 사과를 잘했나?

엄마가 되어야 진짜 어른이 되는지는 모르겠지만, 다른 모습이 발견되는 것은 사실인 듯하다. 한 친구가 아장아장 걸어와 안기는 아기의 등을 토닥이며 "아이구, 내 새끼"라고 말하는 것을 보았을 때는 정말 기분이 이상했다. "아이구, 내 새끼"는 어렸을 때 친구를 키워 주신 할머니가 자주 쓰시던 표현이다. 친구가 부쩍 어른스럽게 보이는 한편 나는 조금 쓸쓸해졌다. 친구는 엄마가 되어 어떤 삶의 순환 속으로 들어가고, 나는 그 바깥에 있는 것 같은 기분이었다. 방향과 속도가 다른 자리에 나와 친구가 있었다.

독서교실을 열면서 나는 양육서를 열심히 읽었다. 어린이를 가르치고 어린이와 함께 지내려면 부모님들이 아이를 어떻게 대하고 있는지를 알아야 한다고 생각했기 때문이다. 내가 어린이에게 옳지 않은 사인을 주면 어떡하나, 내가 어린이의 '발달 단계'를 잘 몰라서 실수하면 어떡하나, 혹시라도 내가 하는 말이나 행동이 어린이에게 치명적인 상처를 주면 어떡하나 걱정이 되었다.

그렇지만 양육서를 읽는다고 해서 자신감이 생긴다거나 감이 잡힌다거나 하는 게 아니었다. 어떤 책은 설명이 모호하고 자꾸만 '아이마다 다르다'라는 식으로 결론을 내서 허탈했다. 어떤 책은 너무 단호하고 독자를 '아무것도 모르는 엄마' 취급해서 읽기 불편했다. 너무 극단적인 사례를 끌어와 부모를(사실은 엄마를) 야단치듯 가르치는 책도 있었다. 내가 당장 어린이를 만나려는 게 아니라면 읽고 싶지 않은 책들도 있었다. 그러니 부모님들은 어떨까. 비로소 '자녀 교육 시장은 불안을 먹고 큰다'라는 말이 실감 났다.

한편으로는 이런 의문이 들었다. 내용이나 어조를 떠나

대부분의 양육서들이 공통으로 강조하는 것은 '아이의 개성을 존중해라'인데, 어째서 부모의 개성은 존중하지 않는 걸까? 세상의 엄마 아빠는 다 비슷한가? 양육서니까 아이에게 초점을 맞추는 것은 당연하지만, 양육자에게 이렇게 관심이 없어도 되나? 그런 상태에서 '이럴 땐 이렇게' 식으로만 접근하면 결과적으로는 아이들도 비슷해지는 것 아닐까?

나의 경험으로는 어린이만큼이나 부모님들도 각자 개성이 뚜렷하다. 발소리도 웃음소리도 호탕한 한 어머니는 본인과 비슷한 성격의 큰아이보다 얌전한 작은아이 대하기를 더 어려워하신다. 전업주부로 아이들을 돌보는 어떤 아버지는 지나다 마주쳐 잠시 인사를 나누는 사이에도 꼭 누군가 인사하고 지나갈 정도로 마당발이시다. 어떤 아버지는 바쁘셔서 아이들 얼굴 보기 어려운 날도 있지만, 아이들을 어찌나 예뻐하시는지 모른다. 이따금 아이를 데리러 오실 때가 있는데 깜짝 등장한 아버지를 보면 아이는 좋아서 어쩔 줄을 모른다. 어떤 어머니는 무척 무뚝뚝하셔서 혹시 나를 싫어하시나 싶었는데, 문자 메시지로는 다양한 이모티콘으로 마음을 표현하신다. 집이 멀지 않은데도 되도록 아이를 독서교실에 데려다주려는 분도 있고, 혼자 버스를 태워 보내는 분도 있다. 정말 너무 다르다.

부모님들은 각자 자기 방식으로 아이를 돌보고 사랑을 준다. 그런데 내가 보기에는 부모님들만큼이나 아이들도 부모를 사랑한다. 부모님보다 아이들을 더 자세히 보는 입장이라 그럴 수도 있는데, 사실은 아이가 더 많이 사랑하는 것 같다. 나이가 더 어린 아이들은 절대적으로 사랑하고, 사춘기에 접어드는 아이들은 미워하면서 사랑한다는 것 정도가 다르다고 할까.

이런 일이 있었다. 나에게 어쩌다 아주 예쁜 초콜릿이 생겨서 마침 그날 수업이 있던 아홉 살 연두에게 나누어 주었다. 초콜릿이 조그마하니까 여러 개 집으라고 했더니 연두는 아주 좋아하면서 대여섯 개를 골랐다. 그리고 그중 하나를 먹으면서 나와 그림책을 읽었다. 그런데 책을 절반쯤 보았을 때 연두가 불쑥 묻는 것이었다.

"녹을까요?"

"응? 뭐가?"

"초콜릿요. 이거 손에 들고 집에 가면 녹을까요? 엄마 아빠랑 먹으려고요."

나는 잠시 할 말을 잃었다.

내가 조그만 지퍼백에 초콜릿을 담아 주자 연두는 안심한 얼굴이 되었다. 늘 그렇듯이 이날도 연두는 집에 갈 때 몇 번이고 다시 뒤를 돌아보았고, 모퉁이를 돌면서도 손을 흔들었다. 연두를 바래다주고 돌아오는 길에 생각했다. 나도 어렸을 때 저만큼 부모를 사랑했을까? 처음 먹어 보는 작고 예쁜 초콜릿을 엄마 아빠에게 가져다주고 싶어서 방법을 고민했을까? 손에 쥐고 가면 녹을까 걱정했을까?

그랬을 것이다. 연두처럼 나도, 엄마의 감기약이 식을까 봐 약국에서 집까지 약 봉투를 품에 안고 달려간 적이 있다. 다만 어린 나는 부모님께 감사해야 한다고 배웠기 때문에 사랑도 감사의 표현인 양 생각했던 것 같다. 고마워서 사랑한 게 아닌데. 엄마 아빠가 좋아서 사랑했는데. 은혜에 대한 보답이 아니라 사랑에 대한 응답이었다. 어린 나도 몰랐고, 아마 부모님도 모르셨을 것이다. 어린이들은 부모님의 사랑을 일방적으로 받기만 하지 않는다. 다만 서툴러서 어린이의 사랑은 부모에게 온전히 가닿지 못하는지 모른다. 마치 손에 쥔 채 녹아 버린 초콜릿처럼.

물론 부모로서 아이를 사랑하는 일은 내가 상상할 수 없는 차원의 것임을 안다. 아이와 함께하는 삶을 위해 인생의 속도와 방향을 조정하고, 어느 순간까지는 아이 몫의 결정과 그에 따른 책임도 감수하는 것이 양육이 아닐까, 나는 생각한다. 그러니까 아이를 키우는 것만이 아니라 자신의 인생을 바꾸는 것까지가 양육이 아닐까 하고. 기쁘고 보람 있는 일이겠지만 아마 그만큼 무겁지 않을까 그것 역시 짐작만 해 본다.

정말로 추웠던 어느 겨울밤이었다. 한 어머니와 길에서 잠깐 나누려던 이야기가 길어졌다. 이야기 끝에 어머니는 울음을 터뜨리셨다. 아이 문제였다. 내가 어떻게 도와 드릴 방법은 없고, 나도 속이 상해서 그만 같이 울고 말았다. 어찌할 바를 모르고 그분을 안아 드렸더니 엉엉 소리 내어 우셨다. 둘 다 손발이 꽁꽁 얼도록 한참을 그러고 있었다. 그날 집에 들어오는 길에 보니 내 패딩 점퍼 어깨 부분이 눈물로 푹 젖어 있었다. 나는 그 얼룩을 보면서 녹아 버린 초콜릿을 떠올렸다.

나중에 연두 어머님과 상담할 때 "그렇게 사랑받으시니 얼마나 좋으시겠어요! 너무 부러워요. 연두 너무 다정한 어린이예요" 했더니 연두 어머니는 의외로 손사래를 치며 말씀하셨다.

"어휴, 집에서는 날마다 전쟁이에요. 선생님은 남의 집 애라 예쁜 것만 보이는 거예요. 앞으로도 선생님은 그렇게 예쁘게만 봐 주세요."

나는 '남의 집 애'라는 말이 좋았다. 그러면 나는 '남의 집 엄마' '남의 집 아빠' '남의 집 이모 삼촌'이 될 수 있지 않을까? 가까이에서 보고 배우고 좋아하고 샘내고 안심하고 걱정하면서 '남의 집 애'를 같이 키울 수 있을 것이다. 언젠가는 어떤 어린이의 '남의 집 할머니'도 될 수 있다. 어린이의 초콜릿을 지퍼백에 넣어 주고, 어머니에게 어깨를 빌려 드리면서 나도 한몫을 할 수 있다. 양육자가 아니어도 '남의 집 어른'은 얼마든지 될 수 있다.

엄마가 된 친구와 나는 각자의 속도와 방향으로 살아간다. 부모가 된다는 것의 진정한 의미를 나는 끝까지 제대로 이해하지 못할 것이다. 친구 역시 아이 없이 나이 들어가는 나의 삶을 그저 짐작만 할 수 있을 것이다. 그렇지만 이제는 우리 자리가 떨어져 있다는 것이 예전처럼 서운하지 않다. 언제든지 손 내밀 수 있는 자리에, 잘 보이는 곳에 내가 가 있겠다고 생각한다. 여전히 내가 어른이 되지 못했다고 생각하는 친구가 있다 해도 상관없다. 어른은 그런 데 신경 쓰지 않는 법이다.

3부
♥
세상 속의 어린이

저 오늘 생일이다요?

****

독서교실을 열기 위해 나는 거의 만반의 준비를 다 했다. 책장에는 동화책과 그림책이 보기 좋게 꽂혀 있었다. 십수 년간 어린이책 편집자로 일하면서 까다롭게 모아 온 책들로, 새로운 일을 시작하는 내가 제일 의지하는 자산이었다. 고객을 맞이할 때 틀 음악을 골랐고, 대접할 다과도 종류별로 갖추었다. 응대할 순서와 동선 등도 여러 차례 점검했다. 출판사에서 일하면서 '작가와의 만남'이나 공개 세미나를 준비한 경험이 도움이 되었다. 수업 내용에도 자신이 있었다. 고객의 상황과 관심, 요구에 따라 추천할 책의 목록이 있었고, 함께할 활동도 충분히 준비해 두었다. 이제 마지막 한

가지 문제만 해결하면 되었다. 과연 고객인 어린이에게 존댓말을 쓸 것인가, 말 것인가.

그때까지 내가 만나 온 어린이는 대부분 책 속에 있었다. 나는 그 어린이들을 좋아했지만 대화를 나눈 건 아니었다. 조카들이나 친구네 자녀들과 종종 만났지만, 어디까지나 사적인 관계였으므로 업무에는 참조하지 않기로 했다. 대학 때 성당 초등부 주일학교 교사로 어린이들을 만난 경험을 떠올렸지만 너무 옛날 일이라 자료로 쓸 수 없었다. 나는 어린이를 잘 몰랐다. 그건 독서교실을 준비하면서 애초에 인정했던 점이지만, 그에 대해 크게 걱정하지는 않았다. 책은 내가 어린이보다 잘 알고, 어쨌든 편집자가 작가 대하듯이 하면 큰 실수는 하지 않겠거니 생각했다. 첫 상담을 앞두고 인사말을 고를 때에야 퍼뜩 이 문제가 떠오른 것이다. 어린이에게 처음에 뭐라고 인사하지? "안녕하세요?"인가, "안녕?"인가.

어린이에게 존댓말을 써야 할 이유는 분명했다. 일단 업무상의 만남이라는 점. 나는 일터로서 독서교실을 차렸다. 어린이는 내게 의뢰를 하러 찾아온 사람이다. 적절한 책을 추천하고 잘 읽는 법을 가르쳐 달라는 게 의뢰의 내용이다. 나는 그 일을 하고 보수를 받는다. 한마디로 우리는 서로에

게 볼일이 있는 사이다. 나에게는 학교 선생님의 권위나 '아우라'가 없었다. 오히려 어린이가 어려운 처지니 존댓말을 쓰는 게 옳았다.

게다가 우리는 초면이었다. 불쑥 반말을 할 수는 없었다. 물론 내가 나이는 많다. 어떤 어린이 입장에서는 엄마보다도 나이가 많을 것이다. 음, 하지만 나는 초보 편집자 시절 어떤 행사 뒤풀이에서 처음 본, 아마 앞으로도 볼 일이 없을 것 같은 중년 남성이 "소영 씨, 우리 딸 또래니까 말 놓을게"라고 해서 다급히 "안 됩니다"라고 말했던 사람 아닌가. 안 될 일이다. 그럼 친해진 다음에는 되나? 안 된다. 왜냐하면 우리는 업무상의 관계니까.

그에 비해 반말을 써야 하는 이유는 석연치 않았다. 존댓말을 쓰면 분위기가 어색할 수 있다는 정도? "ㅇㅇㅇ 어린이 안녕하세요. 이번 주 책 어떠셨나요? 어려운 낱말 골라 보셨나요?" 이러면 나는 괜찮은데 아무래도 친해지기가 좀 어렵지 않을까? 역시 친해지려면 반말을 써야 하는가. 가만, 이건 어디서 많이 들었고 들을 때마다 불쾌했던 말 같은데. 그것 말고 다른 이유를 찾아야 했다. 그런데 없었다.

내 생각은 나와 어린이가 서로 말을 놓는 데까지 이르렀다. 실제로 그렇게 하는 대안학교도 있다고 들었다. 어린이한테 나를 별명으로 부르게 하고 서로 반말로 대화를 하는 장면을 상상해 보았다. 그러자 금방 마음이 어두워졌다. 나는 그만큼 열린 사람이 아니라는 사실을 깨달았기 때문이다. 인정하고 싶지는 않지만 어린이가 나한테 반말을 하면 기분이 나쁠 것 같았다. 어린이가 나를 보면서 "안녕, 고사리? 이번 책은 좀 지루했어. 웃긴 책을 골라 달랬더니 어떻게 된 거야? 지금 나 두꺼운 책 읽게 하려고 이러는 거지?"라고 따지거나 "근데 고사리는 토론을 하기로 해 놓고 왜 자꾸 우기기만 해?"라고 지적하면 어떡하지? 나는 그런 대화를 감당할 그릇이 못 되었다. 무엇보다 나는 '권위'를 조금은 가지고 싶었다. 권위 없이 수업을 진행할 자신이 없었다.

결국 나는 반말을, 어린이는 존댓말을 쓰는 일반적인 관계를 선택했다. '나는 고객에게 반말을 하고, 고객은 나에게 존댓말을 한다'는 말도 안 되는 설정이 여전히 마음에 걸렸지만. 다행이라고 해야 할지, 어린이들은 이 설정에 익숙한 듯했다. 열을 올려 말할 때나 그림 그리기에 몰두했을 때 나를 "이모!"나 "엄마!"라고 부르는 어린이는 심심찮게 있어도, 무심결에라도 반말을 쓰는 어린이는 없었다. 마치 존댓말이 몸에 밴 사람들처럼.

그런데 어린이들의 존댓말을 듣다가 알게 된 것이 있다.

수업 시간 말고 차를 마시는 시간, 그러니까 일상을 나누는 순간에 이따금 존댓말의 한계가 드러났다. 존댓말로는 도저히 표현할 수 없는 감정이나 분위기가 있었다.

이를테면 존댓말로는 마음껏 자랑하기가 어렵다. 내용은 전달할 수 있지만 자랑의 핵심인 '뽐내는 기분'을 전하기가 어려운 것이다. 어느 날 주완이가 내 얼굴을 보자마자 "선생님, 저 오늘 생일이다요?"라고 말했을 때 처음 알았다. 반말이라면 "나 오늘 생일이다?"라고 했을 게 분명하다. 그에 비하면 존댓말 "저 오늘 생일이에요"는 얼마나 맥 빠지는 문장인가(소리 내어 두 문장을 말해 보시길). 비슷한 예로 송년 수업 때 반짝이 스커트를 입은 내게 지은이가 한 말 "선생님 멋있으시다요!"가 있다. 감탄을 표현하기엔 "선생님 멋있다!" 쪽이 더 강렬하지 않았을까?

한번은 길에서 하윤이와 마주쳐서 반갑게 이야기를 주고받았다. 헤어질 때 하윤이는 손을 배꼽 앞에 모으고 허리를 접어 인사하면서 큰 소리로 이렇게 말했다. "그럼, 내일 만납시다!" 구십 도 인사와 청유형 문장의 조합이 얼마나 어색한지 알게 되었다. 반말을 하는 사이였다면 아마 "내일 만나!"라고 했겠지. 역시 그쪽이 더 좋은 것 같다. 존댓말로는 명령하기도 어렵다. 규민이가 나한테 과자를 줄 때 잘 하는 말, "이거 꼭 먹으세요"는 어떤가. "드세요"보다 "먹어"가 훨씬 강력한 요구다. 상대에게 맛있는 걸 꼭 먹이겠다는 굳은 의지는 존댓말로는 잘 표현되지 않는다. 그래서 나는 규민이의 "먹으세요"가 너무 좋다.

어른들 사이에도 한쪽은 반말을 쓰고 한쪽은 존댓말을 쓰는 상황이 펼쳐질 때가 있다. 상사와 부하 직원, 시어머니와 며느리, 선배와 후배처럼. 이들의 대화에서 감정을 편하게, 온전히 표현할 수 있는 사람은 어느 쪽일까? 반말을 하는 쪽이다. "생일이다?"의 물음표 부분에 해당하는 '분위기'도 반말을 하는 쪽은 전달할 수 있다. 존댓말을 하는 쪽은 자기 감정을 표현하기보다는 상대가 표현한 감정을 알아차리고 대응한다. 인류학자 김현경이 『사람, 장소, 환대』*에서 "존비법의 체계는 인간관계가 원활하게 굴러가는 데 필요한 감정 노동을 '아랫사람' 몫으로 떠넘기는 문화와 연결되어 있다"라고 지적한 대로다.

어른들은 흔히 "애들을 위해서 말을 가린다"라고 하는데 어린이야말로 말조심을 한다. 존댓말을 한다는 것 자체가 서열을 파악하고 어휘를 고르고 감정을 조절하는 일이다. 경험은 어른보다 적은데 책임은 어른보다 많이 져야 한다. 우리 어린이들이 어른들 보아 가며 말하느라 참 고생이 많다.

그리고 반말-존댓말 관계에서는 반말을 하는 쪽이 '존댓말을 듣는다'라는 이유로 더 권위를 얻는다. 꼬박꼬박 존댓말을 쓰는 사람보다 그 말을 듣는 쪽이 더 중요한 사람처럼 보이게 마련이다. 그래서 존댓말 하는 사람의 의견은 자주 무시된다. 가뜩이나 신경 쓸 것도 많은 어린이로서는 손해가 이만저만이 아니다. 만일 어린이가 억울함을 이기지 못하고 말 조절에 실패하면 어떻게 될까? 이런 말을 들으며 대화가 끝난다. "누가 어른한테 그렇게 말하래?"

나는 어린이들의 존댓말을 당연한 것으로 여기지 않기로 했다. 마음 같아서는 남녀노소 누구나 서로서로 존댓말을 쓰고 친한 사이에만 반말을 쓰는 세상이 되면 좋겠지만, 그런 날이 오기 전까지는 어린이의 말에 더 많이 귀를 기울이겠다고 다짐한다. 어린이가 표현한 것만 듣지 않고, 표현하지 못한 것이 무엇인지 생각하겠다고. 어린이가 말에 담지 못하는 감정과 분위기가 무엇인지 알아내는 어른이 되겠다고.

관대한 어린이 고객들 덕분에 나는 편집자에서 독서 선생님으로 무사히 전직할 수 있었다. 심지어 어린이 독서에 대한 책도 썼다. 그래서인지 "저도 어린이와 친해지고 싶은데 방법을 모르겠어요" "주변에 어린이가 없어서 어린이를 잘 몰라요" 하는 분들을 종종 만난다. 그러면 나도 여전히 어린이가 어렵다고 솔직히 대답한다. 그리고 어린이에게 존댓말을 쓰는 데서 시작해 보라고 권한다. 이웃 어린이와 마주쳤을 때, 조카의 친구를 소개받았을 때, 어쩌다 어린이 친구를 사귀는 행운을 얻었을 때 꼭 존댓말로 관계를 시작하라고. 말을 놓는 게 친해지는 데 도움이 된다는 것은 철없는 어른의 생각이다. 다른 사람이 우리에게 그렇게 말할 때의 기분을 생각해 보면 될 것이다.

나는 어린이 고객에게 존댓말을 듣는 대신, 낯선 어린이에게는 상황 불문하고 존댓말을 쓴다. 상대가 어른이라면 하지 않을 말이나 행동은 하지 않으려고 노력한다. 어린이가 너무너무 귀여워도 계속 바라보거나 어르는 말투를 쓰거나 하지 않는다. 그래서 엘리베이터에서 마주친 윗집 어린이에게 "안녕하세요?"라고 먼저 인사하고, 마트 무빙워크에서 장난치는 어린이를 보면 아무리 마음이 급해도 "위험해요! 다쳐요!"라고 존댓말로 제지한다. 문을 붙잡아 준 어린이에게 "감사합니다"라고 하고, 반대 상황에서 고맙다고 하는 어린이에게 "아니에요"라고 답한다. 강연장에 어머니와 함께 온 어린이에게 인사를 받으면 "실례지만 이름이 뭐예요?" 하고 묻는다.

어린이에게 존댓말을 써 보면 자기 목소리가 얼마나 어른스럽게 들리는지 알게 된다. 의외로 반말을 쓸 때보다 대화의 분위기도 훨씬 부드러워진다. 어린이를 존중한다는 의지가 명확히 표현되는 순간, 어른의 여유가 자연스럽게 흘러나오기 때문이다. 그런 것을 진짜 권위라고 해도 좋지 않을까. 서로 존댓말을 쓰는 사회적인 대화를 어린이도 사양하지 않는다. 존댓말을 들은 어린이는 살짝 긴장하면서도 더욱 예의 바르게 대답하려고 노력한다. 마치 그런 대화가 몸에 밴 사람처럼 보이려고 애쓰는 것 같다. 어떤 어린이는 내 인사에 야구 모자를 살짝 들어 올리며 "네, 안녕하세요"라고 답하기도 했다. 그런 모습을 보면 저절로 얼굴이 분홍색이 되고 입꼬리가 올라간다. 그럴 때 조심해야 한다. 절대로 귀여워하는 표정을 지으면 안 된다. 매번 대단한 자제력을 요구하는 일이지만 할 수 있다. 우리는 어른이니까.

*   김현경, 『사람, 장소, 환대』, 문학과지성사, 2015.

한 명은 작아도 한 명

****

어느 휴일 저녁, 세준이 어머님이 연락을 주셨다. 세준이와 사촌 동생들을 데리고 딸기 농장 체험을 다녀오는 길이라며, 아이들이 직접 딴 딸기를 나눠 드리고 싶어 하는데 잠깐 들러도 되겠느냐는 말씀이었다. 세준이 사촌들은 나와 같은 아파트 단지에 살아서 오며 가며 본 적이 있었다. 어린이들의 깜짝 방문도, 신선한 딸기도 당연히 환영이었다.

밤에 초인종이 울렸을 때는 나와 남편이 함께 나가 문을 열었다. 아홉 살, 일곱 살, 네 살 어린이 셋이 조르르 서서 연습이라도 한 듯 큰 소리로 "안녕하세요!" 하고 인사했다. 마주 인사를 하고, 딸기를 받고, 감사를 전하고, 딸기를 따는

요령에 대한 세 전문가의 짧은 강의를 듣는 동안 내 머릿속에 떠오른 생각은 '어린이는 정말 작구나' 하는 것이었다. 평소와 다른 환경에서 만나 그랬는지, 딸기 상자가 커서 그랬는지, 셋을 함께 본 건 처음이라 그랬는지 모르겠다. "안녕하세요" "감사합니다" "안녕히 가세요" 하고 공손히 접대하던 남편도 어린이 손님들이 탄 엘리베이터 문이 닫히자 감탄한 듯이 말했다. "정말…… 작네요."

어린이와 만나는 일을 하면서도 나는 어린이가 '작다'는 사실에 새삼 놀라곤 한다. 예를 들면 독서교실에 새로 들인 화분이나 장식품을 보려고 어린이들이 까치발을 할 때 그렇다. 나름대로 신경을 써서 배치하는데도 제일 작은 어린이 기준에는 못 미칠 때가 있는 것이다. 책장 맨 윗줄에는 청소년 책을 꽂아 두었는데, 그 줄에 무슨 책이 있는지 굳이 살펴야겠다며 아홉 살 어린이가 의자를 놓고 올라갈 때도 '저게 정말 안 보이는구나' 싶다. 수업을 시작하기 전, 먼저 온 어린이가 나중에 오는 어린이를 놀라게 하려고 몸을 숨길 때도 마찬가지다. 교실이 조그마해서 내가 보기엔 숨을 곳도 없는데 어린이들은 감쪽같이 잘도 숨어서 일단 내가 먼저 놀란다. 덕분에 숨바꼭질은 몸집이 작아야 할 수 있는 놀이라는 것을 알게 됐다.

여행지 관광 안내소 직원에게 엄마 아빠가 지도며 상품 할인 쿠폰 등을 받고, 이런저런 안내를 받는 동안 데스크 위에서 일어나는 일을 알고 싶어서 기를 쓰는 어린이를 본 적이 있다. 불편한 자세로 딱 붙어 서서는 "그게 뭐야?" "어디로 가래?" "나도 볼래"라며 계속해서 질문과 의견을 쏟아 냈다. 그전 같았으면 '어린이들은 밖에 나오면 말을 더 안 듣는다더니, 정말 보채는구나' 하고 생각했을지 모른다. 그런데 그때는 독서교실에서 어린이를 만나기 시작한 뒤여서인지 저 어린이가 얼마나 불편할까 하는 생각이 들었다. 여행을 와서 들뜨고 이것저것 궁금한 것은 나나 어린이나 마찬가지일 것이다. 중요한 정보가 오가는 대화에 참여하기는커녕 뭐가 어떻게 되어 가는지 제대로 볼 수조차 없으니 얼마나 답답하겠는가.

어린이는 어른보다 작다. 그래서 어른들 눈에 잘 띄지 않는다. 큰 어른과 작은 어린이가 나란히 있다면 어른이 먼저 보일 것이다. 그런데 어린이가 어른의 반만 하다고 해서 어른의 반만큼 존재하는 것은 아니다. 아무리 작아도 한 명은 한 명이다. 하지만 어떤 어른들은 그 사실을 깜빡하는 것 같다.

마스크 5부제 시행 전, 동네 농협에서 1인당 5매 한정으

로 마스크를 판매하는 날이었다. 나도 아침에 나가 줄을 섰
는데, 면 마스크는 가지고 있었지만 방역 마스크는 한 장도
없던 참이라 혹시 못 구하면 어떡하나 걱정이 들었다. 줄을
선 사람들도 비슷한 마음인지 공기가 침울했다. 목을 빼고
자기 앞에 몇 명이 서 있는지 세어 보기도 했다. 그런데 내
뒤쪽에서 소리 내어 사람 수를 세던 할아버지가 대뜸 앞쪽
을 향해 외쳤다.

"거기, 다 마스크 살 거예요? 거 애들도 살 수 있나?"

의문문이지만 호통에 가까운 말이었다. '거기'로 지목된
여성분은 자녀로 보이는 어린이 둘과 함께였다. 네댓 살 되
어 보이는 어린이는 서 있고, 그보다 어린아이는 여성분에
게 안겨 있었다. 여성분은 잠시 당황한 얼굴로 할아버지를
보더니 곧 침착하게 대답했다.

"그럼요, 얘네도 한 명씩인데요."

그날 집에 돌아와 '애들도 마스크 살 거냐'라던 할아버지
말을 곰곰이 생각해 봤다. 설마 애들보다 어른이 우선이라
는 뜻은 아니었겠지. 그냥 되도록 자신에게 유리하게 계산
하고 싶은 마음이 앞섰을 것이다. 아니면 판매되는 마스크
가 성인용이라고 생각해서, 어린이가 '동원'되는 것이 정당
치 않다고 여긴 걸까? 하지만 그것은 할아버지가 상관할 일

이 아니다. 어린이용이 준비되어 있을 수도 있고, 설령 없다고 해도 그 상황을 부당하게 여길 사람은 일껏 줄을 섰는데도 자기 몫의 마스크를 구하지 못한 어린이지, 할아버지가 아니다. 나는 평소에 사람 수를 셀 때 어린이를 '한 명'으로 세는 데 익숙하지 않아서 그런 거라는 결론을 내렸다. 그분에게는 어린이 둘이 어른에게 딸려 있는 것으로 보인 것 같다. 만일 어린이들 덩치가 할아버지만 했다면 뒤에서 헷갈리지 않았겠지. 할아버지도 한 명, 어린이도 한 명이라는 사실이.

어린이가 횡단보도를 건널 때 손을 드는 것은 운전자의 눈에 잘 띄기 위해서다. 몸집이 작아서 눈에 띄지 않을까 봐 조금이라도 커 보이려는 것이다. 대중교통의 좌석에 앉을 때 기어서 올라가야 하는 어린이도 있다. 어른이 한 걸음 걸을 때 어린이는 두 걸음을 걸어야 한다. 어린이는 비 오는 날 투명 우산을 써서 시야를 확보한다. 어린이가 작은 몸으로 이 세상을 살아간다는 건 이렇게 현실적인 문제다.

독서교실에 강아지 달력을 들여놓으면서 제일 작은 어린이에게도 잘 보이는지 확인하려고 쪼그리고 앉아 본 적이 있다. 이른바 '눈높이'를 맞춰 보려던 것이다. 그러면 어린이의 시야를 경험해 볼 수 있으리라 기대했는데, 주변 환경이 영

어색하게 느껴졌다. 키가 작다고 해도 사물이 그런 식으로 보이지는 않을 것 같았다. 왜 그럴까? 나와 어린이는 키만 다른 게 아니라 공간에 대한 인식 자체가 다르기 때문이다.

그림책 작가 안노 미쓰마사는 『스스로 생각하는 아이』*에서 그것을 원근감의 차이로 설명한다. 멀리 떨어진 사물의 크기는 비교하기가 어려운 법인데, 어린이는 어른보다 두 눈 사이가 좁기 때문에 '비교하기 어려운 지점'이 어른보다 가까이 있다는 것이다. 정확한 판단을 내릴 수 있는 범위가 어린이 쪽이 더 좁다는 뜻이다. 어린이가 돌발 행동을 하는 것처럼 보이는 것은 단지 통제 불능이어서가 아니라 감각이 다른 탓도 있을 것이다. 어른이 되어서 어린 시절 살던 곳에 가 보면 동네가 '좁아' 보이는 것 역시 공간 감각의 차이 때문이라고 한다.

그러니 내가 아무리 테이블 아래로 기어들다시피 해서 눈높이를 낮추어도 어린이와 똑같은 방식으로 볼 수는 없다. 공간의 구조나 사물의 위치를 알고 있는지 여부도 각자가 보는 방식에 영향을 끼칠 것이다. 만일 어린이가 보는 방식으로 보고 싶다면 내가 작아지는 것보다 주변의 모든 것이 커진다고 상상하는 쪽이 낫다. 길을 걷다가 고개를 옆으로 돌리면 누군가의 허벅지나 허리가 있다. 버스 타이어 지름이 내 키만 하다. 손을 씻으려면 세면대에 겨드랑이까지 걸쳐야 한다. 마트 계산대에서 내 물건이 제대로 처리되고 있는지 확신할 수 없다……

어린이와 어른의 척도가 이렇게 다른데 세상이 돌아가는 것이 놀랍다는 생각이 들었다. 어린이는 몸집이 커 본 경험이 없기 때문에 다른 가능성을 생각해 볼 여지가 없을 것이다. 그렇다면 나는 왜 그동안 이런 생각을 안 해 봤을까? 어른이 되고서 "크니까 좋구나. 속이 다 후련하다!" 했을 법도 한데. 일단은 내가 천천히 자랐기 때문이다. 날마다 조금씩, 거의 느껴지지 않는 속도로 자라면서 어른들 중심의 세상에 적응해 왔을 것이다. 덕분에 멀미를 하지는 않았지만, 대신 어린 시절에 얼마나 불편했는지도 까맣게 잊고 말았다.

부끄럽지만 인정해야 하는 사실이 한 가지 더 있었다. 그동안 나는 불편하지 않았기 때문에 이런 격차에 대해서 고민할 필요가 없었던 것이다. 이 세상에 그런 영역이 얼마나 많을까? 어린이에 대해 생각하다 보면 장애인, 성소수자, 이주민 등 여러 소수자들에 대해 내가 얼마나 무지하고 둔감했는지 깨닫게 된다. 어린이는 자라서 어른이 되기 때문에 소수자라기보다는 과도기에 있는 사람들이 아닌가 생각해 보기도 했다. 그런데 나 자신을 노인이 될 과도기에 있는 사람이라고 여기지 않는 것처럼, 어린이도 미래가 아니라 현재를 기준으로 생각하는 것이 맞다. 또 어린이가 청소년이 되고 어른이 되는 사이에 늘 새로운 어린이가 온다. 달리 표현하면 세상에는 늘 어린이가 있다. 어린이 문제는 한때 지나가는 이슈가 아니다. 오히려 누구나 거쳐 가는 시기이기 때문에 모두가 머리를 맞대고 고민해야 하는 일이다.

어린이가 일으키는 말썽, 장난, 사고의 많은 부분은 어린이가 작다는 사실과 관련이 있다. 어린이가 의자에 앉아 발을 가만두지 못하고 흔들어 대는 것은 발이 땅에 닿지 않기 때문이다. 땅에 닿는다면 흔들려야 흔들 수도 없을 것이다. 어린이가 위험을 무릅쓰고 책장을 기어 올라가 높은 데 있는 물건을 꺼내려는 것은 책장이 크고 튼튼해 보이기 때문이다. 기어오르지 않으면 손이 닿지 않기 때문이기도 하다. 세 번째 계단에서 뛰어내리는 데 성공했으니까 다섯 번째 계단에서도 될 것 같아서 시도했다가 다치고 혼난다. 미술관은 어차피 넓으니까 괜찮을 것 같아서 뛰어다니다가 야단을 맞는다.

그렇기 때문에 어린이는 어른을 보고 배울 기회가 필요하다. 어린이는 가만히 서서 키만 자라지 않는다. 어린이에게는 성장할 공간이 필요하다. 공공장소에서도 어린이는 마땅히 '한 명'으로 대접받아야 한다. 어린이라는 이유로 배제할 것이 아니라 어린이도 누릴 수 있는 공간을 만드는 쪽으로 어른들이 지혜를 모으는 게 옳다. 어린이는 그런 공간에서 배우며 자랄 것이다. 안전하게 자랄 공간도 필요하다. '스쿨존'은 최소한의 공간이다. 어린이가 어른과 다른 시야를 가졌다는 이유로 자동차로부터 위협당하지 않을 공간. 어린이가 어른이 되려면 무엇보다도 살아남아야 하기 때문이다.

딸기 상자를 머리 위로 번쩍 들어 전해 주었던 세준이는 지금 나보다 키가 큰 청소년이 되었다. 이제 세준이 눈에는 뻔한데 내 시야에는 들어오지 않는 것들이 있을지 모른다. 세준이는 알고 나는 모르는 것도 점점 많아질 것이다. 그 차이가 아주 커졌을 때도 세준이 세대와 나의 세대가 어깨를 나란히 하고 살아갈 수 있을까? 그 답은 오늘의 어른이 어떤 세상을 가꾸어 가느냐에 달려 있다.

*   안노 미쓰마사, 황진희 옮김, 『스스로 생각하는 아이』, 한림출판사, 2019.

쉬운 문제

****

나에게는 특별한 능력이 하나 있다. 바로 지금 이 순간 무엇이 먹고 싶은지 정확히 아는 능력이다. 대단할 것은 없지만 나 자신에게는 확실히 쓸모가 있다. 어렸을 때부터 그랬다. 그냥 막연히 '생선이 먹고 싶다'가 아니라 '삼치구이가 먹고 싶다' '갈치조림이 먹고 싶다' 하는 식이다. 지정하는 메뉴가 구체적이면 맛있는 음식을 얻어먹을 확률이 높아진다. 물론 어린 내가 그 점을 간파한 것은 아니다. 지어낸 것도 아니다. 엄마는 "우리 집에서 제일 조그만 게 제일 귀찮게 한다"고 하면서도 그 음식을 만들어 주셨다. 왜냐하면 불현듯 떠올린 그 음식을 제때 먹지 않으면 감기든 배탈이든 병이 났기 때문이다. 병이 난 다음에는 그 음식을 먹어도 소용없었다. 어른이 된 지금도 그렇다.

이 문제에 대해 생각해 봤다. 사람이 어쩌면 이렇게나 먹는 데 집착할까, 먹고 싶은 것 못 먹는다고 병이 난다니 이런 심술보가 어디 있나, 하고. 그런데 가만 생각해 보니 순서가 그게 아닌 것 같다. 먹고 싶은 것을 못 먹어서 병이 나는 게 아니라, 병이 나기 직전에 어떤 음식이 '다급히' 필요한 것이다. 비타민이 필요할 때는 귀에 "귤! 귤!" 하는 외침이 울리고, 탄수화물이 필요할 때는 "쌀밥! 쌀밥 한 공기 반! 반찬은 아무거나!" 하는 주문서가 눈앞에 팔락거린다. 좀 민망하지만, 내 몸에 무엇이 필요한지 아는 것이 나에게는 너무나 쉬운 문제다.

그날의 정답은 오징어튀김이었다. 간밤에 잠을 설쳐서인지 오전 내내 몸이 둔했다. 점심상은 이미 준비가 되었는데 비는 게 있었다. '비는 게 있네' 하고 깨닫는 동시에 오징어튀김이 떠오른다면 서두르라는 신호다. 다행히 집 앞 분식집에 아직 오징어튀김이 남아 있을 시간이었다. 망설일 것 없이 장바구니를 들었다.

이 분식집은 (사장님 부부가 이 글을 안 보셨으면 좋겠는데) 인구 적은 우리 동네에 딱 알맞은 분식집이다. 오며 가며 군것

질하기에 좋다는 뜻이고, 옆 동네에서 찾아온 사람들이 줄을 서는 바람에 편히 들르기 어려워지는 일은 없을 것 같다는 뜻이다. 일설에 의하면 여자 사장님 기분에 따라 같은 메뉴도 맛이 달라진다고 한다. 그래도 나는 이 가게가 프랜차이즈 분식집이 아니어서 좋다. 메뉴판에는 떡볶이와 어묵, 순대, 튀김, 간단한 식사류가 올라 있다. 분식집이 있는 건물에는 병원과 PC방, 태권도장과 보습 학원 등이 있어서 어른과 어린이 손님이 고루 드나든다.

가게에 들어서니 한 테이블에 어린이 둘이 마주 앉아 무얼 먹고 있었다. 남자 사장님은 보이지 않고, 여자 사장님이 포장 손님을 상대하고 계셨다.

"만 오백 원입니다."

음식이 담긴 봉지와 함께 계산을 마친 카드를 건네자, 대뜸 손님이 이렇게 말했다.

"진짜 만 오천 원이에요?"

"네?"

"진짜 만 오천 원이냐고."

"뭐가요? 만 오백 원……."

"아 저거. 저거 만 오천 원이냐고."

"저거요? 뭐요?"

"저거, 광어 두 마리 만 오천 원. 저거 진짜냐고."

그 손님(성별을 밝히지 않겠지만……)이 가리키는 것은 건너편 상가 벽면에 붙은 낡은 간판이었다. 누구든 한 번만 살펴보면 횟집이 없다는 것을 알 수 있는 작은 상가다. 설령 그걸 알기 어려웠다 해도 왜 저분은 "말씀 좀 묻겠습니다. 저기 간판에 광어 두 마리 만 오천 원이라고 쓰여 있는데, 실제로 저 가격에 파나요? 너무 싼 것 같아서요"라고 묻지 않는 걸까? 그리고 그걸 왜 길 건너 분식집 사장님한테…… 여기까지 생각했는데 사장님은 손님 얼굴은 쳐다보지도 않고 말씀하셨다.

"저 가게 없어진 지 한참 됐어요. 안녕히 가세요."

나 오늘 정말 맛있는 오징어튀김 먹어야 되는데 사장님 기분 나쁘시면 어떡하지, 하는 순간에 구세주가 나타났다. 어린이들이 음식을 다 먹고 계산을 하러 온 것이다.

"저희 얼마예요?"

"으응. 사천오백 원이야."

사장님은 어딘가 '동네 분식집 사장님' 얼굴로, 어린이들에게 희미하게 웃는 듯한 얼굴과 살짝 다정한 것도 같은 말투로 돈을 받으셨다. 두 번 접힌 지폐 네 장과 동전 다섯 개를 사장님과 어린이가 머리를 맞대고 확인했다. '동네 분식집'다운 풍경에 나도 슬쩍 웃음이 났다.

"고맙다. 잘 가."

"안녕히 계세요!"

"안녕히 계세요!"

나는 "오징어튀김 일인분 잘라서 포장해 주세요!"라고 주문하고, 어린이들이 나간 것을 확인한 다음 뒤를 돌아보았다. 대체 무얼 먹었기에 둘이서 사천오백 원어치밖에 안 먹은 거지? 그때 내 눈에 들어온 것은 서빙용 쟁반 위에 차곡차곡 쌓인 접시와 포크, 물컵 등이었다. 한 번에 치우기 좋게 정리를 해 놓은 것이다.

치음에는 그게 귀엽고 기특하게 생각됐다. 아휴, 어디서 저렇게 얌전한 걸 배워 가지고, 착하기도 하지. 여기가 집도 아니고 급식실도 아닌데. 그냥 두고 가도 되는데, 그것 참. 아까 그 손님이 이런 걸 좀 배워야 돼. 어른이 되어 가지고 말이야. 그런데 오징어튀김을 받아들고 나와 집으로 오면서 점점, 뭔지 모를 것이 치밀어 올랐다. 오징어튀김으로 점심상의 빈자리를 채운 순간에는 그게 뭔지 확실해졌다. 나는 너무 화가 났다. 너무너무 화가 났다. 아침에 신문 기사로 '노 배드 패런츠 존'이니 뭐니 하는 말을 본 게 생각나서였다.*

이른바 '노 키즈 존'을 두고 말이 많으니, 에둘러 아이를 '제대로' 돌보지 않은 부모들에게 탓을 돌리겠다는 심산이다. 점잖은 듯 우리는 아이를 탓하지 않는다, 어른이 문제다 하는 식으로. 자녀가 없는 나조차 불쾌감이 드는 언사인데 어째서 기사는 희망적인 어조로 쓰인 걸까. "다수의 식당이나 카페가 아동 출입을 금지하는 바람에 갈 곳 잃은 부모들은 '노 배드 패런츠 존' 도입을 적극 환영하는 분위기"라니, 어리둥절했다. 이런 명명을 계기로 '자신을 돌아보는' 부모들이 있다는 기사의 주장도 믿기지 않았다. 그게 사실이라면 너무 슬프다. '나쁜 부모'면 들어오지 말라는 가게 안내문을 보고, 자기 검열을 거쳐 발길을 돌려야 한다는 말인가. 아니면 나는 나쁜 부모가 아니라는 자부심을 가지고 가게에 들어가서는 남들의 시선을 의식하며 아이들을 단속해야 한다는 것인가. '노 키즈 존'이든 '노 배드 패런츠 존'이든, 차별의 언어인 것은 마찬가지다. 쏘아보는 쪽이 어린이인가 부모(실제로는 엄마)인가가 다를 뿐이다.

'얌전한 어린이'를 선별해서 손님으로 받아들이겠다는 것 자체가 혐오이고 차별이라는 데에 어떤 논의가 더 필요한 걸까? 돈을 내고 사용하는 공간에서조차 심사를 받아야 하는 것이 차별이 아니면 무엇이 차별인가. '세련된 노인'이

나 '깨끗한 남성', '목소리가 작은 여성'만 손님으로 받는다고 하면 당장 문제라고 할 것을, 왜 어린이는 이렇게 아무렇지 않게 차별하는 걸까? 중요한 차이가 있긴 있다. 그들에게는 싫은 내색을 할 수 없고, 어린이 그리고 어린이와 함께 있는 엄마에게는 할 수 있다는 것. 그것이 바로 약자 혐오다.

나는 '노 키즈 존'이 단지 가게를 운영하는 분들의 편리만을 위한 것이라고는 생각하지 않는다. 실제로 어린이 손님 때문에 골치 아픈 일도 없지 않을 것이다. 어린이가 시끄럽게 할 때, 공공의 공간에 걸맞지 않은 행동을 할 때, 보호자가 그것을 제지하지 못할 때 눈살을 찌푸리는 '다른 손님들'도 생각해야 할 것이다. 일하는 분들 자신은 참을 수 있어도 다른 손님들이 불편해한다면 곤란할 것 같다. 또 어린이 일행도 손님인데 그들에게 싫은 소리를 하기도 어려울 것이다. 그래서 문제를 원천 봉쇄하기 위해 어린이 손님을 거부하는 것으로 결론을 내렸을지도 모르겠다. 하지만 그것은 해결책이 아니라 차별이다. 그리고 차별은 어떤 말로도 정당화될 수 없다.

고백하자면 나도 '다른 손님들' 중 한 사람으로서 반성할 대목이 있다. 나도 한때는 식당에서 떠드는 아이들과 보호자들을 곱지 않은 눈으로 보곤 했다. 지금 생각하면 얼굴 붉

어지는 일이지만, 그냥 싫어하는 정도도 아니고 '이렇게 예절 바르게 밥 먹는 나'와 그들을 구분하는 시선으로 보았다. 아저씨들이 왁자하게 모여 떠드는 테이블은 쳐다보지 않으면서 아이들에게는 그런 시선을 보냈다. 너무 후회되는 일이다. 어린이를 거부하는 업주에게 껄끄러운 상황을 감수할 용기가 없는 것처럼, 어린이를 참지 못하는 내게는 관용이 없었다. 나는 착하고 귀엽고 예절 바른 어린이만 좋아했던 것이다. 분식집 쟁반에 접시를 정리해 놓는 어린이만을.

이런 태도가 차별과 혐오의 소산이라는 것을 안 뒤에는 의식적으로 어린이의 소음을 무시했다. 기차에서 아기가 울면 '아기가 피곤한가 보구나' 하고, 식당에서 아이가 보채면 '집에 가고 싶은가 보구나' 하고 말았다. 그러자 놀랍게도 내가 편안해졌다. 눈살 찌푸릴 일이 없기 때문이다. '다른 손님들'이 이런 관용을, 내가 너무 늦게 갖기 시작한 이런 관용을 조금씩 갖는다면 어린이도 배울 기회를 얻을 수 있다. 물론 한 번씩 어린이의 고함에 나도 모르게 얼굴을 찡그릴 때가 있고, 이 점이 가게에서 일하시는 분들을 당황하게 할 수도 있다. 그런 순간들을 공유하면서 어린이를 가르칠 수 없을까? 더 많이 알고 더 많이 누린 사람이 잘 모르고 경험 없는 사람을 참고 기다려 주는 것. 용기와 관용이 필요하지만,

인간으로서 할 수 있고 해야 하는 일이다.

　어린이는 공공장소에서 예의를 지켜야 한다는 것을 배워야 한다. 어디서 배워야 할까? 당연하게도 공공장소에서 배워야 한다. 다른 손님들의 행동을 보고, 잘못된 행동을 제지당하면서 배워야 한다. 좋은 곳에서 좋은 대접을 받으면서 그에 걸맞은 행동을 배워야 한다. 어린이가 어른보다 빨리 배운다는 것은 우리 모두 아는 사실이다. "진짜 만 오천 원이에요?" 하던 분보다 확실히 더 빨리 배울 것이다.

　오징어튀김을 씹으면서 생각했다. 만일 어떤 가게에서 '사십 대 여성 출입 금지', '경기도민 출입 금지', '한국인 사절' 같은 팻말을 내건다면, 나는 그곳에 찾아가서 나를 받아 달라고 애원하지 않을 것이다. 대신 가게를 잘 기억해 두었다가 실수로라도 그 앞을 지나지 않도록 주의할 것이다. 우리나라 출생률이 곤두박질친다고 뉴스에서는 '다급히' 외치고 있다. 그런데 어린이를 환영하지 않는 곳에 어린이가 찾아올까? 너무 쉬운 문제다.

＊　　「"자녀 관리 못하는 무개념 부모 출입 금지" 노 키즈 존 대신 '노 배드 패런츠 존' 뜬다」, 『한국일보』, 2020년 1월 12일.

어린이가 '있다'

****

"선생님은 나중에 커서 아기 낳으면요, 아 맞다, 지금 컸지."

한 어린이의 이야기에 큰 소리로 웃고 말았다. 이어지는 말은 이랬다.

"아무튼 언제 아기를 낳으면요, 선생님은 어린이를 혼내는 연습도 좀 해야 될 것 같아요. 선생님은 너무 착해서(정말 이렇게 말했다!) 어린이를 너무 안 혼내요. 우리 할머니도 그래서 문제라고 엄마가 맨날 그래요."

내가 어린이를 혼낼 일이 뭐가 있을까? 책을 못 읽어 왔을 때 들어 보면 그럴 만한 사정이 있게 마련이고, 대체할 프로그램도 있으니 수업에는 문제가 없다. 어린이들이 일부러 못되게 굴지 않는 이상 혼낼 일이 없는데, 아직 그런 어린이는 만나 보지 못했다. 아주 가끔 불편한 이야기를 해야 되는 상황이 생기지만, 최대한 어린이가 혼나는 느낌이 들지 않게 하려고 노력한다. 그건 내가 어렸을 때 혼나는 걸 유독 무서워했기 때문이다. 어린이 눈에는 그런 내가 물러 보였을까? 아니, 착하다고 했으니 곧이곧대로 들어야지.

"선생님을 착한 사람으로 봐 줘서 고마워. 그런데 선생님은 다 컸지만 아이는 안 낳을 것 같아."

"네에? 왜요?"

"그냥 그런 사람도 있는 거지 뭐. 결혼 안 하는 사람도 있잖아."

"아, 맞아요. 우리 이모도 결혼 안 하고 혼자 살아요."

"그래. 결혼하고도 아이 안 낳는 사람도 있는 거야."

어른들이 하는 말에 비하면 어린이의 "나중에 커서" 발언은 정말 귀여운 간섭이다. 나는 결혼을 했고, 어린이와 관련된 일을 하고 있다. 이 말은 사십 대 초반까지만 해도 자녀 계획에 대한 다채로운 질문과 의견, 주장을 다양한 사람들로부터 여러 순간에 들어 왔다는 뜻이다.

성당 초등부 주일학교 교사였던 대학생 때는 "선생님은

이렇게 애들을 좋아하시니 나중에 결혼하면 애를 잘 키우실 거예요"라는 말을 많이 들었다. 좋은 뜻이었다는 건 알지만 생각해 보면 결혼과 출산, 육아를 한꺼번에 기정사실화하는 말이었다. 어린이책 편집자로 일할 때는 "아이를 낳아 봐야 어린이책을 잘 만든다"는 주장을 들었다. 작품에 대해 어떤 의견을 냈을 때 들은 말 "김 대리는 엄마가 아니라 모른다" 와도 일맥상통하는 의견이다. 엄마라서 알고 엄마라서 더 잘 이해하는 부분도 있겠지만, 업무의 전문성을 그렇게 하 나의 틀로 재단해야 하나 의아했다.

결혼을 한 뒤에 주변 어른들에게 들은 말씀은 생략하겠 다. 친구들조차 "신혼도 애 낳으면 끝이니까 지금 즐겨라"부 터 "낳으려면 빨리 낳아라" "너도 한번 낳아 봐라"까지 격려 인지 으름장인지 모를 말들을, 내가 무슨 말을 한 것도 아닌 데 쏟아 내곤 했다. 누군가는 내가 아이가 없다고 하자 대뜸 "안됐네"라고 했다. 결혼도 했고 어린이들이 다니는 독서교 실도 열었는데 아이가 없으니 안타깝다는 것이었다. 그때는 정식으로 항의해서 사과를 받았다. 마음은 그럭저럭 풀렸지 만 여전히 이해는 되지 않는다. 아이가 없는 것이 왜 안된 일 이지?

"왜 안 낳아?"라는 질문도 많이 받았다. 나는 "왜 낳았

어?"라고 묻지 않는데. "안 낳으면 나중에 후회해"라는 말도
들어봤다. 나는 "낳은 거 나중에 후회할걸"이라고 하지 않는
데. 차마 그런 식으로 대꾸할 수는 없어서 속상한 순간이 많
았다. 아이 없는 삶을 살고 있는 여성으로서 들어 온 말과 하
고 싶은 말들은 책 한 권으로 써도 부족할 것이다(실제로 책
이 나왔다. 최지은의 『엄마는 되지 않기로 했습니다』*는 통째로 내 마
음과 겹쳐지는 책이다).

그렇지만 '내가 아이를 낳지 않기로 한 이유'를 말하는 것
과 "애를 안 낳는 게 답이다" "이 나라는 망해야 한다"라고
하는 것은 다른 문제다. 소위 '인류애'를 잃게 하는 이슈들
이 떠오를 때면 홧김에 그런 말을 하는 분들을 보게 된다. 사
실 나도 국가와 사회가 여성과 어린이에게 이토록 난폭하게
구는 것을 보면, 이 나라가 정말 인구 절벽을 걱정할 자격이
있나 싶은 생각이 든다. 큰 틀에서 의견이 같은 사람들끼리
밑바닥을 내보이며 싸우는 모습을 보는 것도 너무 지친다.
어떤 때는 내 마음도 절망 쪽에 가까워져서 한 걸음만 더 내
디디면 저주의 절벽에 떨어질 것 같다. 그래도 있는 힘을 다
해 그런 말을 삼키려고 한다.

만일 정말로 나라가 '망한다'면 그 일은 어떤 식으로 진행
될까? 한반도가 한꺼번에 바다 밑으로 가라앉거나 온 국민

이 똑같이 빈손으로 추방되어 남의 나라를 떠돌거나 하지는 않을 것이다. 그보다는 약한 사람 순으로 희생되는 식일 것이다. 공기가 나빠지면 깨끗한 공기를 살 수 없는 사람들이 타격을 입는다. 병이 돌면 안전한 곳에 있을 수 없는 사람들이 병에 노출된다. 기후 변화로 큰비가 이어지면 주거 상황이 나쁜 사람, 일을 멈출 수 없는 사람이 피해를 입는다. '망해라!' 하는 저주가 분풀이는 되겠지만, 약자들에게 어떤 의미인지를 생각해 봐야 한다.

얼마 전에도 SNS에서 "여러분, 우리 아이를 낳지 맙시다"라는 문장을 보고 가슴이 철렁했다. 출생률 때문이 아니라, 이 순간을 살아가는 '아이' 때문이다. 사회가 여성에게 "아이를 낳아라" 하고 말하면 안 되는 것처럼, 우리도 "아이를 낳지 말자"라고 받아치면 안 된다. 사회가 아이를 가질 자격이 없으니 주지 않겠다고, 벌주듯이 말하면 안 된다. 이 말은 곧 사회가 자격이 있으면 상으로 아이를 줄 수도 있다는 뜻이 되기 때문이다. 인간은 그런 것이 아니다. 어린이는 그런 존재가 아니다. 아이를 낳으면 안 된다는 말은, 애초 의도와는 다르겠지만 그 끝이 결국 아이를 향한다. 아이는 태어나지 말았어야 하는 것이 된다. 미래에만 해당되는 말이라면 괜찮을까? 미래의 아이는 태어나면서부터 부정되는 셈이다.

그리고 이 말은 결국 어린이와 양육자를 고립시킨다. 아이를 낳고 기르는 것을 오로지 개인의 문제로 만든다. 아이를 낳지 않은 사람은 책임에서 벗어나는 것이다. 이상하지 않은가. 이 이야기가 약자를 배제하자는 결론으로 향하는 것이.

사회가, 국가가 부당한 말을 할 때 우리는 반대말을 찾으면 안 된다. 옳은 말을 찾아야 한다. 우리가 사회에 할 수 있는 말, 해야 하는 말은 여성을 도구로 보지 말라는 것이고, 아이를 낳고 키우기 좋은 세상을 만들라는 것이다. 우리 각자의 성별이나 자녀가 있고 없고가 기준이 될 수 없다. 우리가 어린이를 위해서 목소리를 내는 것은 어린이 스스로 그렇게 하기 어렵기 때문이다. 약자에게 안전한 세상은 결국 모두에게 안전한 세상이다. 우리 중 누가 언제 약자가 될지 모른다. 우리는 힘을 합쳐야 한다. 나는 그것이 결국 개인을 지키는 일이라고 믿는다.

언제나 절망이 더 쉽다. 절망은 아무것도 하지 않고 얻을 수 있고, 무엇을 맡겨도 기꺼이 받아 준다. 희망은 그 반대다. 갖기로 마음먹는 순간부터 요구하는 것이 많다. 바라는 게 있으면 가만히 있으면 안 된다고, 외면하면 안 된다고, 심지어 절망할 각오도 해야 한다고 우리를 혼낸다. 희망은 늘 절망보다 가차 없다. 그래서 우리를 걷게 한다.

우리에게 자녀가 있든 없든, 우리가 어린이와 친하든 어색하든, 세상에는 어린이가 '있다'. 절망의 말을 내뱉기 전에 어린이를 떠올려 보면 좋겠다.

✽   최지은, 『엄마는 되지 않기로 했습니다』, 한겨레출판, 2020.

오해

****

집 근처 도서관 어린이자료실에서 재미있는 게시물을 본 적이 있다. "여러분은 어떤 말을 들으면 속상한가요?"라는 질문에 어린이들이 답을 써서 붙인 것이다. 한 어린이의 메모가 눈에 띄었다.

"엄마가 자꾸 모기버섯 먹으라고 할 때."

생긴 것도 시커멓고 쭈글쭈글한 데다 미끌미끌하고 맛이나 향도 별로 느껴지지 않는 목이버섯. 그런 식감을 좋아하지 않는 어린이라면 도무지 손이 가지 않을 텐데 이름마저 '모기버섯'이니 얼마나 싫었을까. 그걸 자꾸만 먹으라고 하는 엄마도 이해가 되지 않았을 것이다. 그 뒤로 탕수육에서 목이버섯을 볼 때면 종종 그 어린이 생각이 난다. 이제는 오해를 풀었을까? 이름에 대한 오해만이라도 너무 늦지 않게 풀렸어야 할 텐데.

어릴 때 이웃집에서 낯선 과일을 보았다. 둥글다고도, 길쭉하다고도 할 수 있는 모양에 노란 껍질 군데군데가 누랬다. 그런데 향이 어찌나 좋은지 눈앞이 다 환해지는 것 같았다. 이웃 아주머니에게 이 과일이 뭐냐고 물었더니 "뭐가"라고 답하셨다.

"이거요, 이거 이름이 뭐냐고요."

"응, 뭐가."

"이거요, 이거 보세요, 이거 이름요."

"뭐가."

아주머니에게 무슨 일이 있나 싶어 슬슬 무서워졌을 때쯤 아주머니는 웃는 얼굴로 나를 보며 천천히, 다시 말씀하셨다. "모, 과." 덕분에 과일 이름도 알았고, 아주머니에 대한 오해도 풀었다. 아마도 할머니가 될 때까지 모과를 보면 잊을 수 없을 기억이다.

독서교실 어린이들도 종종 오해를 한다. 대훈이는 열한 살이 될 때까지 '춤 크래커'를 '춈 크래커'로 알았다. 내가 '참'으로 읽는다고 알려 주자 정말 너무 놀랐다. 자기도 완전히 '촘'이라고 생각한 것은 아니지만, 그래도 '참'일 거라고는 생각도 못 했다는 것이다. 대훈이는 점심때 아주 맛있는 음식을 먹었다면서 "드래곤나물인가 그랬어요. (잠시 고민) 맞아요. 드래곤나물. 조금 용처럼 생겼어요"라고 한 적도 있다. 그래, '곤드레나물'의 어감이 독특하긴 하지.

여행지에서 어린이들에게 줄 선물로 흑설탕을 사 왔을 때, 소은이는 한사코 사양했다. 평소 단 것을 좋아하는 소은이가 설탕을 마다하니 의아하고 아쉬웠다.

"이거 되게 달아. 그냥 먹어도 맛있어. 사탕 같아."

그러자 매우 의심이 가득한 표정으로 소은이는 이렇게 물었다.

"어떻게 흙으로 설탕을 만들었어요?"

나는 웃음이 나오는 걸 꾹 참고 대답했다.

"리을 기역 쓰는 흙 아니고, 기역만 쓰는 흑이야."

"그럼 기역을 두 번 써요?"

갑작스레 반색하는 소은이에게 "당연하지!"라고 장난치고 싶은 것을 간신히 참았다. 왜인지 소은이는 기역을 한 번만 쓴다는 걸 더 어색하다고 느끼는 것 같았다. "흙 할 때는 두 개를 쓰는데 흑 할 때는 하나만 쓰는 게 신기해서"라는 말에는 결국 변변한 답을 주지 못했다. 소은이가 오해를 풀고

즐겁게 흑설탕 맛을 보는 것만으로도 다행이라고 생각했다.

어린이는 자라면서 세상에 대한 크고 작은 오해들을 풀어 간다. 하지만 어른이 보기에 어린이의 오해는 대체로 단순해서 그런 오해 때문에 일어나는 일들도 모두 재미있는 일화 정도로 여겨지곤 한다. 나도 그렇지만 가끔은 어린이를 조금 놀려도 될 것 같은 기분도 든다. '무지'에서 비롯된 일이니까 잘 알려 주기만 하면 오해는 금방 풀리고, 어린이도 같이 웃을 수 있을 것만 같은 것이다. 하지만 안타깝게도 어린이 입장에서는 문제가 그렇게 간단하지 않다. "그건 오해였어" "장난친 거야"라는 말을 하는 쪽과 듣는 쪽의 심정이 얼마나 다른지 아무리 무심한 어른이라도 상상해 볼 수 있을 것이다.

앞에서도 얘기한 적이 있는, '아버지가 아이를 돌본다'는 콘셉트의 TV 예능 프로그램에서 아버지들이 자녀(어린이 출연자)를 겁에 질리게 해 문제가 되었다고 한다. 어떤 어린이는 권투 경기를 하던 아버지가 눈앞에서 죽었다고 오해했고, 어떤 어린이는 자기가 먹은 음식 속 소뼈가 아버지의 허리뼈인 것으로 오해했다는 것이다. 두 번째 이야기는 기사를 읽고도 믿어지지 않아서 여러 번 다시 읽었다. 다행히 시청자들 중에도 항의하는 분들이 있었고, 어린이 인권단체까지 나서서 방송통신위원회에 이 방송에 대한 심의를 신청했다. "아동을 놀리기 좋은 상대로 바라보는 시각은 시청자뿐 아니라 우리 사회가 아동을 대하는 태도에 영향을 끼칠 수 있다"(세이브더칠드런)라는 지적을 읽고, 뒤늦게나마 공론화된 것이 다행이라는 생각이 들었다.

한편으로 나는 방송을 만든 어른들이 어린이를 '정서적으로 학대'할 생각이 있었다거나 '아동의 공포심을 조장하고 이를 재밋거리로 소비'하려는 적극적인 의도를 가졌다고는 생각하지 않는다. 꾸준히 방송을 보는 시청자들도 그런 악취미를 가지지는 않았을 것이다. 진실한 마음에서든 시청률을 높이기 위해서든, 어른들은 어린이의 귀엽고 사랑스러운 모습을 연출하고 싶었을 것이고, 시청하는 사람들이 보고 싶은 것도 그런 장면이었을 것이다. 나는 자극적인 연출보다 바로 이 점이 근본적인 문제라고 생각한다. 어린이를 감상하고 싶어 하는 것.

어떤 어른들은 어린이를 너무 사랑한 나머지 울리고 싶어 한다. 어린이가 우는 모습조차 귀여워서 그럴 것이다. 그저 장난으로, 어린이의 오해를 유도해서 울게 만든다. 그 우는 모습을 '반응'이라고 여기며 즐거워한다. 잠깐이니까, 울고 나서 달래면 되니까, 정말로 큰일은 아니니까, 귀여워서 그러는 거니까 괜찮다고 생각할 것이다. 어쩌면 이만큼 진지하게 생각하지 않고, 애들은 다 그러면서 크는 거라고 가볍게 생각하는지도 모른다. 어쨌든 상황을 통제할 수 있다고 믿는 것은 분명하다. 어린이를 울릴 수도, 울음을 그치게 할 수도 있다고.

이런 상황에서 어린이는 대상화된다. 어른이 마음대로 할 수 있는 존재가 된다. 어린이를 사랑한다고 해서 꼭 어린이를 존중한다고 할 수는 없다. 어른이 어린이를 존중하지 않으면서 자기중심적으로 사랑을 표현할 때, 오히려 사랑은 칼이 되어 어린이를 해치고 방패가 되어 어른을 합리화한다. 좋아해서 그러는 걸 가지고 내가 너무 야박하게 말하는 것 같다면, '좋아해서 괴롭힌다'는 변명이 얼마나 많은 폐단을 불러왔는지 생각해 보면 좋겠다. 어린이를 감상하지 말라. 어린이는 어른을 즐겁게 하는 존재가 아니다. 그렇게 생각하는 것이야말로 어른의 큰 오해다.

나는 어린이가 TV에 나오는 것을 반대하지 않는다. 오히려 지금보다 더 많이 나왔으면 좋겠다. 어린이가 하고 싶은 말을 하고, 궁금한 것을 물어보고, 또래와 어울려 노는 모습이 보이면 좋겠다. 일요일 밤, 온 가족이 보는 TV 프로그램이라면 마땅히 어린이가 주인공이어야 하지 않는가. '리얼리티 쇼'에서 유명 연예인의 자녀를 구경하는 것보다 그쪽이 훨씬 어린이를 잘 이해하게 해 줄 것이다. 어린이의 귀엽고 사랑스러운 모습만 보고 싶은 어른이라면 시큰둥해할 프로그램이 어린이에게 제일 필요한 프로그램일지도 모른다.

한편 나는 이런 생각도 해 본다. 어린이의 반응을 바라는 어른들은 왜 울릴 생각만 할까.

내전이 끊이지 않는 시리아의 한 가정에서 아버지와 아이가 찍은 영상을 보았다. 바깥에서 폭탄이 터질 때마다 아버지와 아이는 큰 소리로 웃었다. 아버지는 아이가 겁을 먹을까 봐 공습이 벌어지는 상황을 이용해 놀이를 만들었다고 했다. 폭탄이 터지는 소리는 화면 밖의 내게도 무섭게 들렸다. 하지만 두 사람은 세상에 이렇게 재미있는 놀이가 없는 것처럼 폭소를 터뜨린다. 아이는 정말 공습이 놀이라고 생각했을까? 아니면 여전히 무섭지만, 아버지를 믿고 기꺼이 오해하기로 했을까? 그것은 알 수 없지만 한 가지는 분명하다. 이 어린이는 아버지의 사랑만은 조금도 오해하지 않을 것이다. 그러고 보니 복잡한 얘기가 아니다. 세상에는 어린이를 울리는 어른과 어린이를 웃게 하는 어른이 있다. 어느 쪽이 좋은 어른인지, 우리는 알고 있다.

어린이는 정치적인 존재

****

은규는 늘 질문이 많다. 어린이가 질문이 많은 거야 당연하고 또 반가운 일이지만, 은규의 질문은 어딘가 날카로운 데가 있다. 예를 들면 "체육대회는 왜 하는 거예요? 그거 한다고 연습하고, 괜히 시합하다 싸우고 그러는데. 체력을 키우려면 그냥 체육 시간을 늘려 주면 안 돼요?" 같은 질문이 그렇다. "그게…… 단체 협동…… 경쟁을 통해…… 축제……" 같은, 나 자신도 썩 믿지 않는 말들을 주워섬기다 보면 조금 진땀이 난다.

"어디서 시위하면요, 거기 온 사람들 몇 명인지 경찰이 말하는 거랑 시위한 사람들이 말하는 거랑 왜 달라요? 그 사람들 몇 명인지 어떻게 세요?"

"미세먼지는 정말 중국에서 오는 거예요? 그러면 영원히 해결할 수 없는 거예요?"

"노동절에 왜 학교는 안 쉬어요? (초등학생은 노동자가 아니 잖아.) 선생님들은 노동자잖아요."

나는 어린이의 질문에 대답하는 직무를 가진 사람이므로 최대한 성실하게 답하는 편이다. 그러다 보면 어떤 때는 청문회에 불려 나온 심정이 되기도 한다. 내가 어떤 답을 내놓든 다음 질문이 준비되어 있다는 점에서도 그렇다. 그간의 신의를 생각할 때 은규는 나를 곤란하게 하려는 것이 아니다. 반항적인 태도도 아니다. 뉴스를 유심히 보지만 다 너무 빨리 지나가서 무슨 말인지 모르겠다며 내게 묻는 것이다.

문재인 대통령과 김정은 국무위원장이 남북정상회담을 가졌을 때 은규는 "그런 걸 보게 될 줄 몰랐는데 놀라웠어요" "북한이 다른 나라랑 오가지 않아서 딱딱할 거라고 생각했는데 그렇지만은 않은 것 같아서 다행이라고 생각했어요"라며 꽤 흥분하고 환영하는 기색이었다. 방송마다 관련 화면이 쏟아져 나오니 이번에는 뭘 좀 제대로 볼 수 있었다는 것도 은규에게는 좋은 일이었다. 그런데 얼마 뒤에 은규는 이런 질문을 했다.

"학교에서는 왜 '통일의 좋은 점'만 가르쳐 줘요?"

"왜? 은규는 통일에 반대하는 쪽이야?"

"찬성인지 반대인지 잘 모르겠어요. 통일하면 안 좋은 점은 안 가르쳐 주니까요."

"지금이 이미 분단 상태니까, 이걸 바꾸면 좋은 점을 설명하느라 그럴 거야."

"그렇지만 어른들 중에는 반대하는 사람도 있잖아요. 그런 시위도 하고. 그러면 어린이한테 양쪽 입장을 다 가르쳐 줘야 하는 것 아니에요? 학교는 공교육을 하는 덴데(은규 자신의 표현이다) '좋은 점'만 가르쳐 주는 건 잘못된 것 같아요."

답을 궁리하느라 멈칫하는 사이에 이번에는 질문이라기보다 항변에 가까운 말이 이어졌다.

"만약에 통일이 된다면, 그때는 지금 어린이들이 커서 어른이 되어 있을 텐데 그때 가서 문제가 발견되면 어떡해요? 좋은 점만 알고 대비를 못 했다가 '아, 이건 아니다' 하고 없었던 일로 할 수는 없잖아요. 그때 가서는 저희가 해결해야 될 텐데, 왜 어린이한테는 의견을 안 물어봐요?"

나는 통일이라는 것이 어느 날 갑자기 선포되는 식은 아닐 것이고, 여러 단계에 걸쳐 협의하고, 실제로 이것저것 해 보고, 계속 고쳐 가면서 나란히 나아가는 식이 될 것 같다고 설명했다. 이렇게 중요한 문제일수록 당장의 이익이나 손해로만 접근할 게 아니라, 역사도 살피고 세계정세도 살피면서 우리나라에 제일 좋은 방법이 무엇일지 찾아가는 것이라고. 은규는 질문을 잘하는 만큼 답도 귀 기울여 듣는다. 그날도 다행히 내 답에 어느 정도 만족하는 눈치였다.

독서교실이 아니었다면 나는 은규 같은 어린이를 보면서 "어린애가 벌써부터 정치에 관심이 많네. 뭘 안다고?"라며 탐탁지 않게 여겼을지도 모른다. "혹시 주변에 아이에게 이것저것 주입하는 사람이 있는 거 아니야?" 하고 의심했을 수도 있다. 통일 문제도 나는 당연한 것으로 여겨 왔기 때문에 '요즘 아이들은 역사를 잘 몰라서 통일에 대해서도 계산적으로 받아들이는구나' 하고 한탄했을 것이다. 아니면 어렸을 때부터 정치에 관심을 갖게 해야 한다면서 결국은 정치 체제 같은 것들을 이론적으로 가르치는 데 만족했을지도 모른다.

그런데 어린이들과 함께 『어린이들의 한국사』*나 『두근두근 한국사』** 같은 역사책을 읽으면서 다시 생각해 볼 기회가 있었다. 특히 '4·19 혁명'에 나선 어린이 시위대 사진을 보고 나는 깜짝 놀랐다. 내 기억 속의 4·19 혁명은 대학생, 고등학생이 주축이 되어 독재 타도를 외치며 일으킨 것이었다. 부끄럽지만 나는 당시 시위대에 어린이가 있던 것을 몰랐다.

내가 기억을 못 하는지, 배우지 못한 건지도 알 수 없었다.

나중에 이주영의『어린이 문화 운동사』***를 읽다 보니, "역사를 쓰는 사람들도 4·19혁명에서 어린이가 한 역할을 잘 다루지 않는다"며 안타까워하는 대목이 나왔다. 어린이가 뭘 알고 나온 게 아니고, 어른이 가르쳤거나 '우연히 시위 현장에 있다가 총 맞아 죽었을 것'으로 추측하고 만다는 것이다. 사실 나도 처음엔 의문이 들었다. 1960년 당시는 오늘날처럼 정보가 빠르고 넓게 공급되던 때도 아닌데, 어린이들이 어떻게 알고 나왔을까?

하지만 '우연히'라고 하기에는 너무 많은 어린이들이 희생되었다.

박도일(성남초등학교 4학년, 총상)

안병채(동신초등학교 4학년, 시위 대열에서)

임동성(종암초등학교 4학년, 총상)

정태성(금호초등학교 6학년, 총상)

강석원(전주초등학교 5학년, 총상)

전한승(수송초등학교 6학년, 총상)

『어린이 문화 운동사』에 나오는 어린이만 해도 이렇다.

1960년 4월의 초등학생. 아무래도 실감이 나지 않아 종이 위에 이름을 적고 숫자를 적어 가며 헤아려 보았다. 이 어린이들은 1948~50년생으로 부모 세대와는 전혀 다른 점이 있었다. 일제강점기를 겪지 않았다는 것이다. 이들의 부모가 대략 1920년 전후로 태어났다고 본다면, 그들은 폭력적인 식민 지배 상황에서 어린 시절을 보냈을 것이다. 그보다 나이 많은 세대는 구한말에 태어났을 테니, 어린이로서 보고 들은 것이 또 전혀 달랐을 것이다.

그렇게 생각하니 1960년, 어른들도 좀체 나서지 않는 이 대규모 시위에 어린이들이 왜 나갔을지 어렴풋이 짐작이 되었다. 이 어린이들은 국민이 주인이 된다는 말이 무슨 뜻인지, 어쩌면 어른들보다 잘 알지 않았을까? 학교에서 배운 것이 있고, 세상에서 본 것이 있었을 것이다. 그래서 그려 보았을지 모른다. 민주주의 국가가 어떤 모습이 '되어야' 하는지를. 그 그림은 이전의 어느 세대도 그려 보지 못한 것이다. 들은 적도 없었으므로.

어린이들은 어른들에 비해 역사 지식이나 정치의 세부 내용을 알기가 어렵다. 한편으로는 그렇기 때문에 현재가 또렷하다. 맥락이라든가 정세라든가 하는 주석 없이, 본문만을 읽는 사람들이다. 1960년의 어린이들은 전쟁 이후의 혼란 속에서 정계의 사건이나 정치가의 이름, 정치 역정, 비화 같은 것은 알지 못했을 것이다. 대신 사회가 보내는 가장 선명한 메시지는 잘 받았을 것 같다. 부정 선거, 독재, 죽음. 모두 민주주의의 반대편에 있는 말들이다. 어린이의 직관은 무엇을 꿰뚫어 보는 신통한 능력이 아니라, 있는 것을 그대로 보는 힘이다. 늘 정확한 것은 아니지만, 그렇다고 해서 뭘 모르는 게 아니다. 모를 수가 없다. 전한승 어린이가 사망한 뒤 수송초등학교 어린이들이 시위에 나설 때 4학년 강명희 어린이는 이런 시를 썼다고 한다.

…… 나는 알아요 우리는 알아요

엄마 아빠 아무말도 안 해도

오빠와 언니들이

왜 피를 흘렸는지를……

✳

2020년 4월, 은규는 초등학교 6학년이다. 은규는 현직 대통령이 파면되는 것도, 남과 북의 정상이 수시로 만나는 듯한 모습도 보았다. 평창 동계 올림픽 때는 어느 경기의 표가 생겼다며 가족과 함께 가서 관람하고 오는 길에 수호랑 인형도 샀다고 좋아했다. 날마다 스마트폰으로 미세먼지 지수를 찾아보며 오늘은 체육을 할 수 있나 가늠한다. '노 키즈 존' 논란도 알고 있다. 해마다 봄이면 학교에서 세월호 추모 행사를 한다. 노란 배를, 노란 리본을, 노란 새를 그리고 접는다. 올해는 코로나19 사태로 온라인으로 선생님과 친구들을 만나며 봄을 맞이하고 있다. 이 난리 통에 유흥업소를 드나든 어른이 하루에, 한 업소에 오백 명이나 됐다는 뉴스도 보았을 것이다. 은규는 지금 어떤 메시지를 가장 선명하게 받아들이고 있을까?

어린이는 정치적인 존재다. 어린이와 정치를 연결하는 게 불편하다면, 아마 정치가 어린이에게 보내는 메시지가 떳떳하지 못하기 때문일 것이다. 어른 보기에도 민망하고 화가 나는 장면들을 어린이들에게 보이기 싫은 것이다. 그런 문제일수록 어린이에게 설명하기도 어렵다. 어린이는 그런 어른들의 모습까지도 볼 것이다. 달아날 곳이 없다. 이 봄이 지나고 다시 만났을 때 은규가 쏟아 낼 질문들 때문에 벌써부터 긴장이 된다. 봄이라고 졸지 말고 열심히 공부해야겠다. 눈을 크게 뜨고 귀를 활짝 열고.

*   역사교육연구소 글, 이경석 그림, 『어린이들의 한국사』, 휴먼어린이, 2015.

**   김종엽·박찬희·배성호 글, 전미화 그림, 『두근두근 한국사 1, 2』, 양철북, 2016.

***   이주영, 『어린이 문화 운동사』, 보리, 2014(희생된 어린이들의 이름에 오류가 있어 '국립 4·19민주묘지' 사이트에서 확인하여 바로잡았다).

내가 바라는 어린이날

****

   나는 어린이날이 5월 5일인 점이 좋다. 일단 "오월 오일 어린이날"이라고 할 때 흐르는 듯 부드러운 발음부터 듣기 좋다. 같은 숫자가 두 번 나오니 숫자로 적든 한글로 적든 쓰인 모양도 예쁘다. 날짜 외우기도 쉽다. 초여름의 상쾌한 날씨도 어린이날에 알맞다. 그런 점을 생각할 때마다 '어쩌면 방정환 선생님은 날도 이렇게 잘 고르셨을까?' 하며 혼자 싱글벙글했다. 그래서 1923년의 첫 어린이날은 '5월 1일'이었고, 이후 5월 첫 일요일로 지정되었다가 해방 뒤에 5월 5일로 정해졌다는 것을 알고는 조금 머쓱했다. 내가 또 상상의 날개를 너무 화려하게 펼쳤네.

그런데 365일 중에 왜 굳이 5월 1일을 어린이날로 정했을까? 그날이 노동절이기 때문이라고 한다. 애초에 '어린이'를 명명하고 어린이날을 만든 어린이 운동가들은 노동자가 해방되듯이 어린이도 해방되어야 한다고 생각했다. 첫 어린이날 행사 때 배포된 「소년 운동의 기초 조건」 맨 앞에 쓰인 항목은 이렇다.

"어린이를 재래의 윤리적 압박으로부터 해방하여 그들에게 대한 완전한 인격적 예우를 허하게 하라."(『색동회 어린이 운동사』*)

어린이를 '해방'시킨다는 건 말 그대로 '풀어 주는 것'이다. 풀려나온 어린이들은 행진을 했다. 보이지 않던 어린이들이 보이게 된 것이다. 행진은 혼자서 할 수 없다. 나는 그런 점에서 '어린이날'은 어린이라는 세대를 발견하고 보호하고 일으켜 세우는 날이라고 생각한다.

오늘날 어린이들에게 어린이날은 선물을 받는 날, 외식하는 날 정도로 받아들여지는 것 같다. 지역마다 자치단체 행사도 하지만 축하 공연이나 장기 자랑, 무슨 무슨 시상식 등으로 내용은 고만고만하다. 행사라면 쇼핑몰이나 놀이공원의 이벤트 쪽이 더 어린이들의 흥미를 끈다. 어린이들로서는 학교도 학원도 안 가고, 그날 하루는 실컷 놀 수 있으니 좋겠지만 나는 어딘가 허전한 마음이 든다. 이런 어린이날이라면 생일이나 크리스마스와 별로 다를 것이 없다. 개인적으로 즐겁게, 들떠서 보내는 하루가 어린이날의 진짜 의미는 아닌 것 같다. 무엇보다 이렇게 각자 보내다 보면 어린이들이 정말로 '해방'이 되었는지 알기 어렵다. 그늘에 있는 어린이, 축하받지 못하는 어린이를 발견하기 어렵다. 어린이가 얼마나 많은지, 어떻게 생겼는지, 그동안 어디서 어떻게 지냈는지 확인하기 어렵다.

어린이들에게는 서운한 말일지도 모르지만, 나는 어린이날이 어린이의 소원을 들어주는 날에 그치면 안 된다고 생각한다. 그보다는 어린이가 '해방된 존재'가 맞는지 점검하는 날이 되어야 한다고 생각한다. 해방된 사람들답게 자유로운지, 안전한지, 평등한지, 권리를 알고 있으며 보장받고 있는지 어린이와 어른이 함께 점검하고 잘못된 것을 고쳐나가는 날이 되어야 한다고 생각한다. 그러려면 어린이날은 지금보다 훨씬 거창한 하루가 되어야 한다.

이런 어린이날은 어떨까?

어린이날에는 누구나 새싹 모양 배지를 달았으면 좋겠다. 어린이, 어른 할 것 없이 누구나, 양육자이건 아니건 누구나. 배지를 달아 어른들은 어린이날을 축하하는 마음을 표현할

수 있다. 어린이에 대한 존중을 되새길 수도 있을 것이다. 배지를 단 어른들은 이날 하루 마주치는 어린이들에게 "안녕하세요?"라고 인사하면 좋겠다. 문을 열어 주거나 차례를 양보하거나 하는 다소 유난스러운 친절도 베풀면 좋겠다. 막상 해 보면 어려운 일이 아니라는 것을 알 수 있다.

어린이는 배지를 달면서 우선 자부심을 느끼면 좋겠다. 사회 구성원으로서 특별히 조명받는 하루, 어디를 가든 좋은 대접을 받는 하루가 될 거라고 기대하며 기분 좋게 집을 나서면 좋겠다. 어린이 대 어린이로서, 배지를 단 다른 어린이들이 서로를 알아보게 될 것이다. 여자 어린이, 남자 어린이, 장애가 있는 어린이, 피부색이 다른 어린이, 키가 큰 어린이, 작은 어린이, 모두가 모두를 알아보면 좋겠다. 서로 존중하며 힘을 합쳐야 할 동료 시민이라는 것을 어렴풋이나마 느껴 보면 좋겠다. 나라에서 배지를 만들어 공공장소에 비치하고 학교에서도 나누어 주면 되지 않을까? 배지는 큼직해야 한다. 어린이도 할머니도 한눈에 알아볼 수 있도록.

이 어린이들이 서로를 어디서 만나느냐. 일단 지방자치단체에서 어린이를 위한 정식 공연을 풍성하게 열어 줘야 한다. 어른들이 선거할 때처럼 지역을 구분하고 공연장을 선정하면 될 것이다. 구역별로 공연은 두 개 이상 올리고, 지역

내 어린이들 모두에게 우편으로 공연 정보를 알려 선택하게 한다. 연극, 뮤지컬, 음악 무엇이든 좋다. 배우들을 섭외해도 되고, 지역 어른들이 나서서 해도 된다. 다만 공연 끝에 어린이들의 평가를 받게 해서 우수 공연은 전국 순회에 나서는 것이다! 이 공연장은 어린이가 걸어서 갈 수 있는 곳이면 좋겠다. 어린이들끼리 다녀올 수 있도록.

이런 행사를 반복하다 보면 지역마다 '어린이회관'이 필요하다는 것을 알게 될 것이다. 도서관 강당이나 학교 시설도 쓸모가 있지만, 나는 '어린이 전용 공간'이 있으면 좋겠다. 도서관은 좋은 곳이지만, 어린이가 하고자 하는 모든 일이 책과 연관된 것은 아니다. 학교는 좋은 공공시설이지만, 어린이의 일을 모두 교육의 틀에서만 진행할 수는 없다. 어린이가 도서관과 학교 외에 어린이 전용 공간을 가지지 못할 이유가 무엇인가?

부득이 학교 강당에서 공연한다면, 어린이가 다니는 학교가 아니라 다른 학교에 가서 보도록 기획하자. '학교'라는 공간을 객관적으로 보는 한편, 모르는 어린이들을 간접적으로나마 만날 기회가 될 것이다. 어른들은 지역의 모든 어린이들이 공연을 볼 수 있게 도와야 한다. 보호자가 관심이 없거나 정보를 모르더라도 어린이에게 기회가 주어지도록 공

무원과 통반장이 나서야 한다. 지역 어린이들을 챙기는 것은 선생님만의 몫이 아니다. 지역 사회 전체가 어린이를 찾아 나서고, 어린이를 알아보고, 어린이를 챙기면 좋겠다.

어린이날 하루는 모든 TV 채널에서 하루 종일 어린이 시청자를 위한 프로그램을 방영하면 좋겠다. 만화영화만 내보내라는 게 아니다. 기존 프로그램도 어린이 시청자를 고려해서 그날 방송분을 만들면 된다. 드라마라면 어린이가 볼 만한 내용으로 그 회를 꾸리고, 쇼 프로그램도 어린이를 초대하거나 어린이와 관련된 내용으로 만들면 된다. 물론 뉴스도 어린이 시청자가 보는 것을 염두에 두고 편집한다. 되도록 쉬운 말로 보도하고, 어려운 시사용어를 써야 하는 상황이면 양해를 구하도록 한다. 어른들의 부끄러운 행태를 고발하는 뉴스를 전할 때도 마찬가지다.

"이번 소식을 전하기에 앞서 어린이 시청자 여러분께 죄송하다는 말씀 드립니다."

"이 문제는 저희가 반드시 후속 취재를 통해 해결 과정 또한 전해 드리도록 최선을 다하겠습니다."

물론 어린이와 관련한 뉴스를 중점 보도해야 할 것이다. 어린이가 이해하고 의견을 가질 수 있는 방식으로.

중앙방역대책본부의 코로나19 관련 어린이 특집 브리핑

이 좋은 예가 될 것이다. 출연한 전문가들이 어린이를 대하는 정중한 태도도 모범적이었지만, 나는 인형 탈 없이도 어린이를 위한 방송을 만들 수 있다는 점을 보여 준 점이 제일 좋았다. 해요체가 아니라 합쇼체로 말하는 점은 말할 것도 없다. 어린이에게 설명하는 것을 들으니 어른들도 잘 이해가 되었다거나, 질문을 한 어린이들의 생각에 새삼 놀랐다는 등 많은 사람들이 이 브리핑에 대한 의견과 소감을 쏟아 냈다. 한동안 나의 트위터 타임라인은 이 사람 저 사람의 '어린이' 이야기로 채워졌다. 어린이를 사회 구성원으로 대접하는 방송이 시청자로 하여금 어린이를 그런 존재로 인식하게 한다. 어린이 뉴스나 어린이 시사 프로그램이 생기면 좋겠지만, 당장에 실현하기 어렵다면 어린이날 하루라도 어린이에게 시청자로서 받아 마땅한 대우를 해 주면 좋겠다.

TV와 관련해서 특별히 바라는 것은 '최신 어린이 영화'를 틀어 달라는 것이다. 어른들과 함께 좋은 곳, 멋진 곳에서 하루를 보낼 수 없는 어린이들을 위해, 이런저런 사정으로 최신 영화를 보지 못한 어린이들을 위해 어린이날 하루만큼은 꼭 최신 영화를 틀어 주면 좋겠다. 어른들은 명절 특선이라고 연휴 내내 며칠이고 새 영화를 볼 수 있는데, 어린이날 단 하루 그렇게 못 할 게 뭔가? 어린이날이라고 어린이가 주인공으로 나오는 오래된 영화들을 주야장천 틀어 대는 것을 보면 기가 막히다. 나태한 기획이기도 하고, 어른들이 어린 이날을 빙자해 '동심' 운운하는 괘씸한 행태다. 나는 이 생 각만 하면 너무 화가 난다.

해마다 3월 15일부터 3월 31일을 국가적으로 '어린이 안 전시설 특별 점검' 기간으로 삼아 놀이터 등을 완전히 샅샅 이 빠짐없이 점검하면 좋겠다. 지금은 지방자치단체별로 들 쭉날쭉 검사를 하는 듯한데, 연례행사로 반드시 실시하도록 국가가 관리하는 것이다. 문제가 있으면 4월 내에 수리를 마 치고, 필요하다면 새 단장도 해서 어린이날에 이용하는 데 불편이 없도록 해야 한다. 장애 어린이도 함께 놀 수 있는 시 설을 만들어 가자. 어린이날을 기해 전국 놀이터 상황을 국 가에서 파악하고, 부족한 놀이터를 만들고, 물 마실 곳과 화 장실 등도 확보해서 정리하면 좋겠다. 어린이날, 국민이 그 것을 검사하자.

온 나라 국민이 힘을 합쳐 점검할 게 또 있다. 어린이 권 리 교육이다. 나는 어린이날에 맞추어 어린이가 있는 가정 은 물론이고, 그렇지 않은 가정에도 해마다 '유엔 아동 권리 협약'이 배포되었으면 좋겠다. 어린이가 있는 집에서는 어 린이와 함께 소리 내어 읽고, 다른 어른들도 꼭 되새겨 읽어 보면 좋겠다. 예를 들면 이런 문장들이다.

"아동은 자신에게 영향을 미치는 일에 대해 자유롭게 의견을 말할 권리가 있습니다. 어른들은 아동의 의견을 잘 듣고 중요하게 받아들여야 합니다."(12조)**

이런 글을 쓰는 김에 꼭 하고 싶은 말이 있다. 어린이날과 관련해 여러 가지 상상을 해 볼 때 내가 반드시 이루고 싶은 소원이 하나 있는데, 그것은 "어린이 여러분, 가족과 함께 즐거운 하루 보내세요"라는 말을 금지하는 것이다. 모든 어린이가 가족과 함께 어린이날을 보낼 수 있는 게 아니다. 모든 어린이가 가족과 함께 보낸다고 해서 행복한 것도 아니다. 그리고 모든 어린이가 자기가 원한다고 해서 '가족과 함께 즐거운 하루'를 보낼 수 있는 것도 아니다. 좋은 뜻으로 하는 축복의 말이겠지만, 어떤 어린이에게는 큰 상처를 줄 수도 있는 말이다. 어른들은 그런 말을 너무 아무렇지도 않게 한다.

"어린이 여러분, 어린이날을 축하합니다."

"어린이 여러분, 불편한 일은 ○○○로 연락 주시기 바랍니다."

"국민 여러분, 오늘 하루 어린이에게 친절하게 대해 주시기 바랍니다."

"어른들은 주변의 어린이를 살피고 돕기 바랍니다."

"우리 모두 어린이를 보호합시다."

이런 말이 좋다. '나라의 앞날을 짊어질 한국인'이니 뭐니 하는 말도 자제하면 좋겠다. 어린이는 나라의 앞날을 위해서가 아니라 오늘을 위해서 살아 있다. 나라의 앞날은 둘째 치고 나라의 오늘부터 어른들이 잘 짊어집시다.

어린이날, 가정 바깥에서도 축하해 주자. 모든 어린이에게 특별한 날이 되도록 해 주자. 이날만은 어린이가 보호자 대신 다른 어린이의 손을 잡게 해 주자. 어쩌면 어린이날보다 어린이'들'의 날이라고 하는 게 맞을지 모르겠다. '어린이날'보다 발음은 덜 부드럽지만 그쪽이 훨씬 좋다. 오월은 푸르고 어린이는 자란다. 나무처럼 자란다. 숲을 이루게 해주자.

*   정인섭, 『색동회 어린이 운동사』, 학원사, 1975(이주영의 『어린이 문화 운동사』에서 재인용).

**   유니세프한국위원회, 「우리가 가진 권리: 유엔아동권리협약 해설자료」, 유니세프한국위원회, 2020.

길잡이

****

독서교실에는 '누가 무슨 책을 읽고 있나' 공책이 있다. 빌려 가는 책의 제목과 빌린 사람이 누구인지를 적어 두는 공책이다. 이름 대신 사인을 남겨도 된다고 안내하는데 이름을 적는 어린이는 아무도 없다. 처음 온 어린이들은 일생을 결정하는 일인 양 고심해서 사인을 만든다. 그러고는 다음 주에 그 사인을 까먹어서 다시 만든다. 결국 대부분의 어린이들이 매번 다른 사인을 하기 때문에 이 공책은 이제 낙서장처럼 되어 버렸다. 어린이들은 암호 같은 말을 적기도 하고, 하트나 '스마일' 같은 간단한 그림을 그리기도 한다. 지원이도 그랬다. 주로 웃긴 그림을 그렸고 이모티콘 같은 그림으로 사인을 대신하기도 했다.

그래서 지원이가 자기 공책에 그린 그림을 보았을 때 나는 깜짝 놀랐다. 여성의 토르소가 공책 한 면을 다 채우는 크기로 그려져 있었다. 조금 긴 얼굴에 턱은 뾰족했고, 입은 꼭 다물었고(웃지 않았다), 고개를 옆으로 살짝 기울인 모습이었다. 긴 머리를 대충 묶어 한쪽만 귀가 보였는데 길쭉한 귀고리가 달려 있었다. 목걸이 줄은 장식적이지만 끝에 달린 장식은 조그마했다. 그래서 귀고리와 목걸이가 서로 잘 어울렸다. 브이넥 스웨터를 입은 현대적인 여성이었다. 제일 눈에 띄는 것은 두 눈이었다. 살짝 치켜 올라간 커다란 두 눈은 이 그림에서 유일하게 과장된 부분이었다. 눈 아래 작은 점도 찍혀 있었다. 이 여성이 누구를 닮았는지는 나중에야 떠올랐다. 모딜리아니의 '잔 에뷔테른의 초상' 속 인물이었다.

넋을 놓고 그림을 보다가 조심스럽게 물었다.

"이 그림 생각해서 그린 거야, 아니면 어떤 그림을 보고 연습한 거야?"

"제가 그냥 생각해서 그렸어요. 심심해서……."

"아니, 어떻게 이렇게 잘 그렸어? 왜 그동안 선생님한테 그림 잘 그린다고 얘기 안 했어? 어떻게 이런 걸 비밀로 할 수가 있어? 너무하네!"

내가 따지자 지원이는 웃으면서 말을 흐렸다.

"아…… 저 그림 잘 못 그려요. 저보다 잘 그리는 애들 되게 많아요. 이거는 그냥…… 제가 보기에는 좀 눈이…… 균형이 안 맞잖아요."

그러고 보니 두 눈의 크기와 모양이 대칭이 아니었다. 그게 지원이 눈에는 결점으로 보인 모양이지만, 나는 그래서 이 그림의 분위기가 독특해졌다고 말해 주었다.

"제가 옛날에는 그래도 잘 그렸던 것 같은데요, 그때는 뭐 그릴까 생각 안 하고 그려도 잘했거든요. 지금은 생각을 해서 그런지 더 안 돼요."

나는 지원이에게 말했다. 그건 그림을 더 잘 그리게 되느라 그러는 거라고. 무엇이든 하면 할수록 다음에 더 잘할 방법을 찾게 된다고.

"아무 고민 없이 할 때보다 고민을 할 때가 더 힘들기 때문에 못 그리는 것처럼 느껴지는 거야. 그런데 생각해 봐. 어느 쪽이 더 잘 그리겠어? 그러니까 이럴 땐 괴로운 게 더 좋은 거지."

이런 말을 할 때면 기분이 이상해진다. 내가 어린 시절의 나에게 말하는 듯해서다.

학교 신문에 실린 옆 반 친구의 글을 읽었을 때의 기분이 지금도 또렷이 생각난다. 아마도 '후회'를 주제로 한 글이었을 것이다. 부모님을 조르고 졸라서 유행하는 가방을 샀는데, 막상 그것을 가지고 다니려니 어깨가 너무 아파서 고생했다는 내용이었다. 내용도 공감이 갔지만 당시에 나도 갖고 싶어 했던 그 가방의 모양이나 사람들의 말투 등이 생생하게 묘사되어 있었다. 어린 마음에도 부러워할 수조차 없을 만큼 잘 쓴 글이었다. 그게 속상했다. 같은 주제로 응모했다 떨어진 내 글은 전혀 기억나지 않는다. '글을 잘 쓴다고 하려면 이만큼 잘 써야 되는구나'라고 체념하면서 내 글도 잊은 것 같다.

만일 그때 누군가 내게 "글쓰기도 수영처럼 연습이 필요한 거야" "누가 알아주지 않아도 돼. 글은 자기만을 위해서 쓸 수도 있어. 그러면 내 생각을 내가 읽을 수 있거든" "너무 힘들면 쉬었다가 다시 써도 돼. 오늘 쓰고 내일 읽어도 돼" 같은 말을 해 주었다면 어땠을까? 글쓰기뿐 아니라 삶의 다른 영역에도 작게나마 영향이 있지는 않았을까? 과거로 돌아가지 않는 이상 내 삶이 어떻게 바뀌었을지는 알 수 없다. 그래서 나는 어린이에게 그런 말을 해 준다. 그러면 요란한 시간 여행 없이도 이 말이 힘을 발휘할 수 있을 테니까. 좋은 점이 또 있다. 그 말을 드디어 나 자신도 들을 수 있다는 점이다. 그럴 때면 내 삶도 새로워지는 것 같다.

어린 시절은 어린이 자신보다 어른에 의해 만들어지는 부분이 많은 구간이다. 인생에 많은 영향을 끼치지만 수정할 수도, 지어낼 수도, 마음대로 잊을 수도 없다. 어린 시절의 어떤 부분은 어른이 되고서도 한참 뒤에야 그 의미를 알게 된다. 시차는 추억을 더 애틋하게 만들고 상처를 더 치명적인 것으로 만든다. 나는 직장 생활을 하면서 사람들이 각자 얼마나 다른 환경에서 자랐는지 깨닫고 자주 마음이 좁아졌다. 내가 제일 부러워한 건 '곱게 자라서 맺힌 데가 없는' 사람이었다. 이상적인 어린 시절이 무엇인지는 몰라도 내가 갖지 못했다는 것만은 알았다. 그런 생각을 할 때면 내 인생이 일찌감치 모양 잡힌 것 같아서 도무지 힘이 나지 않았다.

그런 생각을 떨치게 된 건 한 어린이 덕분이다. 어머니는 아이가 신발을 갈아 신거나 급식을 먹을 때 느린 편이라 선생님이나 친구들한테 싫은 소리를 자주 듣는다고 하셨다. 그 뒤로 나는 그 어린이뿐 아니라 다른 어린이들에게도 자주 "천천히 해"라고 말하게 됐다. 생각해 보니 나도 어렸을 때 빨리 하라는 말만 들은 것 같았다. 누가 천천히 하라고 했으면 조금은 안심이 됐을 텐데. 그런데 내가 어떻게 이런 기특한 생각을 해냈을까?

사실 "천천히 해"는 내가 아는 가장 '맺힌 데 없는' 선배가 자주 하는 말이다. 퇴근길에 비가 오면 그 선배는 사무실에서 지하철역까지 꼭 후배들을 차로 데려다주었는데, 우리가 차에 탈 때도 내릴 때도 늘 그렇게 말했다. "천천히 해." 나는 그 말이 좋았다. 덕분에 차를 얻어 타는 게 미안하지 않고 고마웠다. 한편으로는 선배는 그런 말을 듣고 자라서 좋은 사람이 되었나 보구나 싶었다. 나중에 내가 "천천히 해"라고 말하고 보니 나도 그런 말을 들어 본 사람이었다. 꼭 인생 초기에 자리 잡힌 대로 살지 않아도 되는 것이었다.

나는 이제 어린이에게 하는 말을 나에게도 해 준다. 반대로 어린이에게 하지 않을 말은 스스로에게도 하지 않는다. 이 원칙을 지키려고 노력하는 것은 그래야 나의 말에 조금이라도 힘이 생길 것 같아서다. 일의 결과가 생각만큼 좋지 않을 때 괜찮다고, 과정에서 얻은 것이 많다고 나를 달랜다. 뭔가를 이루었을 때는 마음껏 축하하고 격려한다. 반성과 자책을 구분하려고, 남과 나를 비교하지 않으려고 노력한다. 어린이 덕분에 나는 나를 조금 더 잘 돌보게 되었다.

나는 예전에 '어린이는 어른의 길잡이'라는 말을 못마땅하게 여겼다. 어린이를 대상화하다 못해 신성시하는 듯해서였다. 어른이 어린이를 잘 가르치고 이끌 생각을 해야지,

어린이한테 길 안내의 책임을 떠맡기다니. 그리고 어린이가 길을 어떻게 안단 말인가? 무슨 신비한 힘이 있는 것도 아닌데. 그렇게 생각했다. 그런데 어린이에게 할 말을 고르고, 그 말에 나를 비추어 보면서 '길잡이'에 대한 오해가 풀렸다. 어린이가 가르쳐 주어서 길을 아는 게 아니라 어린이에게 무엇을 어떻게 가르칠지 고심하면서 우리가 갈 길이 정해지는 것이다. 그렇기 때문에 어린이를 가르치고 키우는 일, 즉 교육은 이 세상을 살아가는 우리 모두의 몫이 된다. 가정과 학교는 교육의 출발점일 뿐 결국 책임은 사회가 져야 한다. 그러기 싫어도 사회의 몫으로 돌아오고 만다.

　어린이, 청소년을 포함한 '어린 세대'의 그릇된 면이 드러날 때면 곳곳에서 '교육의 실패', '시민 양성의 실패' 같은 탄식을 보게 된다. 아주 틀린 말은 아니다. 나도 그런 말을 한 적이 있다. 그런데 혹시 나는 이 말에 책임을 회피하고 싶은 마음을 담았던 게 아닐까? 마치 사회 구성원으로서 나는 잘못한 게 없고, 신입을 잘 훈련시키지 못한 가정과 학교를 점검하고 개선해야 한다는 듯이. 하지만 어린이는 사회 바깥에서 다 자란 다음 사회에 배치되는 게 아니다. 그래서도 안 되고, 그럴 수도 없다. 어린이는 태어나는 순간부터 사회 속에서 자란다. 가정에서 보는 것, 학교에서 배우는 것을 기초로 삼아서 세상을 보고 세상에서 배운다.

사회의 문제는 학교, 가정에 고스란히 반영된다. 온라인 개학 이후 학교가 단지 건물과 교과 과정으로 이루어진 게 아니라는 것이 분명해졌다. 학교 자체도 다양한 직군의 노동자와 학생들이, 학생과 학생이 관계 맺는 사회다. 가정도 사회와 분리될 수 없다. 사회의 돌봄 없이 어린이를 가정에만 내맡길 때 어떤 참혹한 학대가 일어날 수 있는지 뼈아프게 확인하고 있다. 교육을 이야기하려면 사회를 보아야 한다. 성범죄자들이 처벌받지 않고, 감염병 사태 중에 도서관보다 성매매 업소가 먼저 문을 열고, 예능 프로그램에서 어린이와 여성을 함부로 대하고, 소수자를 혐오하는 이들에게 마이크가 주어지는 세상에서 학교와 가정이 청정하기를 기대할 수 있을까?

나는 교육의 실패를 선언하고 싶다면 세상의 실패를 선언해야 한다는 결론에 이르렀다. 그리고 그렇게 하지 않기로 결심했다. 냉소주의자가 되고 싶지 않기 때문이다. 절망적인 소식들이 쏟아질 때면 자연히 포기하는 쪽으로 몸과 마음이 기운다. 분노와 무력감 사이를 오가다 보면 이 나라를 외면하고 싶어진다. 하지만 내가 버리는 짐을 결국 어린이가 떠안을 것이다. 나는 조그마한 좋은 것이라도 꼼꼼하게 챙겨

서 어린이에게 주고 싶다. 거기까지가 내 일이다. 그러면 어린이가 자라면서 모양이 잘못 잡힌 부분을 고칠 것이다.

내가 이렇게 큰소리치는 것도 다 어린이 때문이다. 어린이가 그림을 망쳤을 때 "다 소용없는 일이란다. 구겨 버리렴"이라고 말할 사람은 없다. 고칠 수 있는지 보고, 안 되면 새 종이를 주고, 다음에는 더 잘 그리도록 격려할 것이다. 우리 자신에게도 똑같이 말해야 한다. 실제로 어린이라면 어떻게 할까? 내가 새 종이를 주며 이런저런 미사여구를 늘어놓기도 전에 어린이는 종이를 뒤집어 뒷면에 새로운 그림을 시작한다. 냉소주의는 감히 얼씬도 못 한다.

이 책은 어린이가 어른을 얼마나 성심껏 대해 주고 있는지 말해 준다. "바쁘다, 중요하다, 힘들다"라며 다그치는 어른을 힘껏 이해하고 기다려 주는 어린이는 더없이 다정한 사람들이다. 김소영의 글은 어린이만큼이나 따뜻하다. 좋은 날을 상상하며 애쓰다 멍든 그 작은 마음의 한 자락까지 놓치지 않고 다가간다. 그러나 그의 글은 타협 없는 엄격함을 가졌다. "어른은 어린이를 어떻게 대하고 있는가?" 책의 어느 장면을 읽어도 이 질문만은 피할 수 없다. 그래서 멋지고 위엄이 있다. 이 책을 읽기 전까지는 어른이 무례하다는 것을 이만큼 정확하게 알지 못했다.

그러나 더욱 몰랐던 것이 있다. 그것은 어린이라는 세계가 정중하고 사려 깊고 현명함으로 가득하다는 사실이다. 어린이가 우리를 어떻게 대하는가를 살펴보는 일은 어린 시절의 우리가 나 자신을 얼마나 사랑하고 있었고 세계를 얼마나 신뢰하고 있었는가를 되돌아보는 일이기도 하다. 그 마음을 회복할 수 있도록 도와준다는 점에서 이 책은 우리 모두가 읽어야 한다. 어린이와 무관한 사람은 한 사람도 없다. '어린이라는 세계'는 당신이 잊고 있었던, 신중하고 용감했던 당신의 세계다.

김지은(어린이문학 평론가)

＊

김소영의 글은 어린이를 존재하는 모습 그대로 바라보고 이해할 수 있게 만드는 마법의 렌즈 같다. 어린이처럼 복잡 미묘한 존재를 '있는 그대로' 받아들인다는 것이 특히 어른의 입장에서 얼마나 어렵고 힘든 일인지를 생각해 볼 때, 그의 놀랍도록 섬세하고 깊은 통찰의 시선은 가히 초능력에 비할 만하다.

단지 유년을 경험했다고 해서 아이들의 마음을 잘 알 수 있는 건 아니다. 이미 작은 감각들이 무뎌지고 퇴화한 어른으로서 어린이의 세계에 다시 진입하기 위해서는 상당한 노력과 정성을 기울여야 한다. 어린이의 키에 맞추어 세상을 보고, 어린이의 보폭에 맞추어 걷고 뛰면서 함께 호흡해야 한다. 어린이 마음의 미세한 진폭을 느끼기 위해서는, 때론 내 마음의 단단해진 근육들을 다시 말랑말랑하고 부드럽게 바꿀 줄도 알아야 한다. 김소영은 이런 수고로운 작업을 기꺼이, 게다가 즐겁게 해낸다. 그리고 그 과정에서 마주한 깊은 성찰의 순간들을 너무나도 쉽고 명료한 언어로 이토록 재미있고 뭉클하게 들려준다.

'김소영'이라는 렌즈로 세계를 들여다보며 우리는 마침내 깨닫게 된다. 어린이를 온전히 마주하는 경험은 결국 우리 안에 오랫동안 꽁꽁 숨겨 둔 가장 작고 여린 마음들을 다시 꺼내 들여다보고 천천히 헤아리는 시간이라는 걸. 어린이를 대하는 우리의 시선과 태도와 마음, 그 모든 것들이 결국은 우리 자신을 향해 있다는 걸.

윤가은(영화감독)

어린이라는 세계

2020년 11월 16일 1판 1쇄
2024년   5월 15일 1판 26쇄

지은이 김소영

편집 이진·이창연·홍보람 디자인 김민해
마케팅 이병규·김수진·강효원 홍보 조민희 제작 박홍기

인쇄 천일문화사 제책 J&D바인텍

펴낸이 강맑실 펴낸곳 (주)사계절출판사
등록 제406-2003-034호 주소 (우)10881 경기도 파주시 회동길 252
전화 031)955-8588, 8558 전송 마케팅부 031)955-8595 편집부 031)955-8596
홈페이지 www.sakyejul.net 전자우편 skj@sakyejul.com
블로그 blog.naver.com/skjmail 페이스북 facebook.com/sakyejul
트위터 twitter.com/sakyejul

ISBN 979-11-6094-691-8 03810